COLLECTION FOLIO

Saint Augustin

# La Création du monde et le Temps

*suivi de*

# Le Ciel et la Terre

*Traduction du latin par*
*Arnauld d'Andilly, établie par Odette Barenne*

Gallimard

Ces textes sont extraits des *Confessions*,
Livres XI et XII (Folio n° 2465).

Saint Augustin naît le 13 novembre 354 à Thagaste, dans la province romaine de Numidie (aujourd'hui Souk-Ahras en Algérie). Son père, Patricius, petit propriétaire foncier, est païen ; sa mère, Monique, est une chrétienne fervente. Conformément à une pratique courante, l'enfant est inscrit comme catéchumène, mais ne reçoit pas le baptême, différé, comme souvent, à l'âge adulte de la pleine responsabilité. À seize ans, il part à Carthage pour finir ses études. Là, au grand dam de sa mère, il délaisse la religion, étudie la rhétorique et traverse une période de débauche. Follement amoureux d'une femme rencontrée alors qu'il a à peine dix-sept ans, il se laisse aller à sa passion. Deux ans plus tard, un enfant, Adéonis, naît de cette union hors mariage. Lecteur assidu de philosophie, et plus particulièrement de Cicéron, il adhère finalement au manichéisme en 373, une doctrine qui donne une vision dualiste du monde plongé dans un conflit entre le Bien et le Mal. Il part alors enseigner la rhétorique pendant deux ans à Thagaste puis à Carthage où il compose en 380 son premier traité, *De pulchro et apto*, aujourd'hui perdu. Après avoir discuté avec l'évêque manichéen Fauste, les premiers doutes sur la solidité de ses conceptions s'installent dans l'esprit d'Augustin. Il décide d'enseigner à Rome avant d'être nommé professeur de rhétorique à Milan.

Commence alors une période cruciale de rencontres et de lectures dans la vie d'Augustin. La prédication de l'évêque Ambroise suscite son admiration ; aux côtés de sa mère, il découvre la beauté des textes de la Bible ; il lit les « livres des platoniciens », consulte les *Lettres* de saint Paul, qui lui confirment son idéal de sérénité philosophique, questionne le théologien Simplicien qui apaise les agitations de son âme et lui recommande la piété pour accéder à la sagesse. Enfin, il reçoit la visite de Poticianus qui lui fait connaître la *Vie d'Antoine*. À la fin de juillet 386, Augustin, qui s'est isolé dans les jardins de Milan pour méditer, est frappé par une révélation divine alors qu'il lit un passage de saint Paul, et se convertit au catholicisme : il résigne ses fonctions pour demander le baptême. Abandonnant femme et enfant, il retourne en Afrique pour se consacrer à une vie monastique à Thagaste. Ordonné prêtre en 391, Augustin est rapidement nommé évêque d'Hippone (près de l'actuelle Annaba, sur la côte algérienne), et conservera ce siège jusqu'à sa mort en 430, lors de la prise de la ville par les Vandales.

Son œuvre est gigantesque. On ne recense pas moins de cent dix-huit traités, deux cent dix-huit lettres et plus de cinq cents sermons. Mais, de cette production foisonnante de textes, on retient avant tout ses *Confessions*, ouvrage très précieux dont l'influence dans la pensée chrétienne occidentale est considérable. Il y aborde une quantité de thèmes riches et variés, allant des difficultés que l'on rencontre à l'adolescence aux questionnements spirituels, en passant par les tourments de la passion amoureuse.

*Découvrez, lisez ou relisez l'œuvre de saint Augustin :*

CONFESSIONS (Folio classique n° 2465)

# LA CRÉATION DU MONDE ET LE TEMPS

## CHAPITRE PREMIER

### *Pourquoi nous nous confessons à Dieu qui nous connaît mieux que nous-mêmes.*

Étant éternel comme vous êtes, ô mon Dieu ! ignorez-vous ce que je dis, ou faut-il que vous attendiez la révolution des tem0ps pour voir ce qui se fait dans le temps ? Pourquoi donc vous rapporté-je ainsi tant de choses ? Ce n'est pas certes pour vous en donner la connaissance ; mais c'est pour allumer votre amour de plus en plus dans mon cœur et dans le cœur de ceux qui liront ceci, afin que nous disions tous ensemble : « Que le Seigneur est grand et admirable ! »

Je l'ai déjà dit, et je le redis encore : c'est l'amour que je vous porte, et le désir d'exciter ce même amour dans le cœur de tous les hommes qui m'oblige d'en user comme je fais. Ainsi nous ne laissons pas de prier, quoique celui qui est la Vérité nous ait dit : « Que notre père céleste connaît ce qui nous est nécessaire avant même que nous le lui demandions[1]. » Nous redoublons donc notre affection envers vous, en vous confessant notre misère et votre miséricorde, afin que vous acheviez de nous délivrer comme vous avez commencé, et qu'ainsi nous cessions d'être malheureux en nous-mêmes, et devenions heureux en vous. Car vous nous appelez à être pauvres d'esprit, à être doux, à verser des larmes, à être affamés et altérés de la justice, à être miséricordieux, purs de cœur et pacifiques. Ainsi je vous ai fait entendre plusieurs choses comme je l'ai pu, et l'ai voulu, parce que vous avez voulu le premier que je vous offrisse une confession de louange comme à mon Dieu, et que je reconnusse que vous êtes bon, et que vos miséricordes s'étendent dans tous les siècles.

1. Évangile de saint Matthieu, 6,8. Augustin rappelle ensuite les « Béatitudes » : Matthieu, 5,3-9.

## CHAPITRE II

### *Il demande lumière à Dieu pour entrer dans l'intelligence de ses saintes Écritures.*

Comment ma plume serait-elle capable d'écrire tant de saintes inspirations, de salutaires frayeurs, de favorables consolations, et de secrètes conduites par lesquelles il vous a plu m'amener jusqu'au rang que vous avez voulu que je tinsse dans votre Église, en me donnant la charge de prêcher votre parole, et de dispenser vos Sacrements à votre peuple ? Mais quand je serais capable de les rapporter toutes par ordre, les moindres moments me sont si chers que je ne sais comment j'en pourrais trouver le loisir.

Car il y a longtemps que je désire avec ardeur de méditer votre sainte loi, et de vous confesser en la méditant, quelles sont mes connaissances et mes ignorances ; de quelle sorte vous avez commencé à éclairer les yeux de mon âme ; et quelles ténèbres y restent encore et y resteront toujours jusqu'à ce que la force toute-puissante de votre grâce détruise entièrement ma faiblesse. Je ne veux employer à autre chose les heures que j'aurai libres après avoir satisfait aux besoins du corps, aux relâches nécessaires de l'esprit, au service que nous devons au prochain, et à celui même que nous ne lui devons pas, et que nous ne laissons pas de lui rendre.

Seigneur mon Dieu, soyez attentif à ma prière : et que votre miséricorde exauce le désir de mon cœur, puisque l'ardeur qui l'agite ne regarde pas mon seul intérêt, mais aussi celui des autres à qui la charité fraternelle lui fait désirer d'être utile. Vous voyez dans le fond de mon âme qu'il est ainsi : faites-moi donc la grâce que je vous sacrifie tout le service que je vous puis rendre par mes pensées et par mes paroles. Donnez-moi ce que vous avez agréable que je vous offre : car je suis pauvre et misérable ; et vous répandez vos richesses sur tous ceux qui vous invoquent, vous qui sans être inquiété d'aucun soin, daignez prendre tant de soin de nous. Retranchez de mon esprit et de ma langue toute sorte d'erreur et de mensonge : que vos saintes Écritures soient mes chastes et innocentes délices ; que je ne sois point trompé en elles, et que je ne trompe point les autres par elles. Seigneur mon Dieu, qui êtes la lumière des aveugles, et la force des faibles, et qui devenez ensuite la lumière des clairvoyants et la force des forts, parce que vous les rendez clairvoyants et forts, d'aveugles et de faibles qu'ils étaient auparavant, regardez mon âme, et écoutez les cris qu'elle jette du plus profond de sa misère : car si vos oreilles ne l'entendent dans cet abîme, et si elles se détournent d'elle, où ira-t-elle, et à qui s'adressera-t-elle ?

Le jour et la nuit sont à vous, et les moments volent et s'enfuient comme il vous plaît. Accordez-moi quelques-uns de ces moments pour pouvoir méditer les secrets de votre loi, et ne fermez pas cette sainte porte à ceux qui frappent pour y entrer ; puisque ce n'est pas en vain que vous avez voulu que l'on ait écrit ce grand nombre de livres voilés de tant de mystères. Ces forêts sacrées n'ont-elles pas des cerfs qui s'y retirent, qui s'y promènent, qui y paissent, qui s'y reposent, et qui y ruminent ? Ô mon Dieu, achevez d'illuminer mon esprit, et de me révéler ces connaissances. Votre parole est toute ma joie, et elle m'est plus agréable que toutes les voluptés de la terre : donnez-moi donc ce que j'aime ; car il est vrai que je l'aime ; et c'est vous qui me l'avez fait aimer. Ne laissez point, Seigneur, vos dons imparfaits, et ne m'abandonnez pas, puisque je suis comme une plante que vous avez produite, et qui a besoin que vous l'arrosiez en la favorisant de vos grâces. Que je reconnaisse, mon Dieu, tenir de vous tout ce que j'apprendrai de vos saintes Écritures : que j'écoute la voix de vos louanges ; que mon âme étanche sa soif, en se remplissant des eaux divines de votre sagesse, et que je considère les merveilles de votre loi depuis ce temps auquel vous créâtes le ciel et la terre jusques à ce Royaume éternel, où nous régnerons tous dans votre sainte Jérusalem.

Seigneur, ayez pitié de moi, et exaucez mon souhait, puisqu'il me semble qu'il n'a pour fin rien de terrestre ; qu'il ne recherche ni l'or ni l'argent, ni les pierres précieuses, ni les meubles magnifiques, ni les honneurs, ni la puissance, ni les voluptés des sens, ni même les choses nécessaires au corps durant cette vie voyagère que nous passons dans le monde, et qui selon vos promesses [1] nous doivent être données comme par surcroît, lorsque nous cherchons votre royaume et votre justice. Voyez, mon Dieu, d'où procède mon désir. Les impies m'ont raconté leurs plaisirs : mais ils n'ont rien qui égale votre loi. Voilà, Seigneur, d'où procède mon désir. Regardez-le, Père tout-puissant ; considérez-le et approuvez-le. Faites par votre miséricorde que je trouve grâce en votre présence, afin que les secrets de vos saintes Écritures me soient découverts, lorsque je m'efforcerai de les entendre. Je vous en conjure par notre Seigneur Jésus-Christ votre Fils, l'homme de votre droite, et le fils de l'homme que vous avez établi médiateur entre vous et nous, et par lequel vous nous avez cherchés lorsque nous ne vous cherchions pas encore, et nous avez cherchés afin que nous vous cherchassions : je vous en conjure par votre Verbe éternel par

1. Évangile de saint Matthieu, 6,33.

lequel vous avez créé toutes choses, du nombre desquelles je suis. Je vous en conjure par votre Fils unique par lequel vous avez appelé à votre connaissance tous les fidèles, et les avez adoptés pour vos enfants, du nombre desquels il vous a plu de me mettre; et je vous en conjure par celui qui est assis à votre droite, qui sans cesse vous prie pour nous, et en qui sont cachés tous les trésors de la sagesse et de la science. C'est lui que je cherche dans vos saintes Écritures. Moïse a écrit de lui : il le dit lui-même[1] dans l'Évangile; et il est la vérité même.

## CHAPITRE III

### *Il prie Dieu de lui faire entendre ce que Moïse a écrit de la création du ciel et de la terre.*

Faites-moi donc la grâce, Seigneur, d'écouter et de comprendre de quelle sorte au commencement vous avez créé le ciel et la terre[2]. Moïse l'a écrit; et après l'avoir écrit il s'en est allé : il a quitté le monde

1. Évangile de saint Jean, 5,46.
2. Augustin va désormais méditer longuement sur le premier verset de toute la Révélation divine : « Au commencement, Dieu créa le ciel et la terre » (Genèse, 1,1 ; traduction Sacy).

pour passer d'ici à vous ; et ainsi je ne le saurais plus voir. Car si je pouvais le voir je m'adresserais à lui, je le supplierais et le conjurerais en votre nom de m'expliquer les choses qu'il a écrites, et je serais très attentif à ses paroles. Que si elles étaient hébraïques elles frapperaient en vain mes oreilles, puisqu'elles ne pourraient toucher mon esprit ; et si elles étaient latines, j'entendrais bien ce qu'il voudrait dire ; mais comment saurais-je qu'il dirait vrai ? Et quand bien je le saurais, serait-ce de lui que je le saurais ? Nullement : mais il faudrait que ce fût la vérité même, qui sans l'aide d'aucun langage, soit hébraïque, soit grec, soit latin, soit barbare, sans se servir des organes de la bouche et de la langue, et sans employer le son d'aucunes syllabes me dît au-dedans de moi, et dans le plus secret de ma pensée : « Moïse vous dit la vérité. » Et aussitôt je dirais avec certitude et hardiment à ce saint homme : « Vous dites la vérité. » Mais maintenant que je ne puis l'interroger, je m'adresse à vous, ô mon Dieu, qui êtes la vérité éternelle, de laquelle étant rempli, il n'a rien dit que de véritable : et je vous conjure de me pardonner mes péchés, et de me faire entendre par votre grâce ce que votre grâce lui a fait écrire.

## CHAPITRE IV

### *Les créatures reconnaissent Dieu pour leur Créateur.*

Le ciel et la terre sont donc, et ils crient qu'ils ont été créés : car ils sont sujets à changer. Or tout ce qui est et qui n'a point été créé, n'a rien en soi qui auparavant n'ait été, et c'est en cela que consiste le changement d'avoir quelque chose en soi qui auparavant n'y ait point été. Ils crient aussi : « Nous ne nous sommes pas créés nous-mêmes ; mais nous sommes, parce que nous avons été créés. Nous n'étions donc pas avant que d'être créés, pour avoir pu nous créer nous-mêmes. » Et l'évidence de ces choses est comme la voix avec laquelle ils nous parlent. Vous avez donc fait, Seigneur, le ciel et la terre. Car vous êtes beau, et ils sont beaux : vous êtes bon, et ils sont bons : vous êtes, et ils sont. Mais ce qu'ils ont de beauté, de bonté, et d'être, est d'une manière si fort au-dessous de vous, qui êtes leur Créateur, qu'en les comparant à vous, on ne peut plus dire, ni qu'ils soient beaux, ni qu'ils soient bons, ni même qu'ils soient. Nous savons cela, mon Dieu, et nous vous rendons grâces de ce que nous le savons ; et notre science n'est qu'ignorance si on la compare avec la vôtre.

## CHAPITRE V

### *Que le monde a été créé de rien.*

Mais de quelle sorte, mon Dieu, avez-vous créé le ciel et la terre ? et de quelles machines vous êtes-vous servi pour faire un si grand ouvrage ? Car vous n'avez pas agi en cela comme un artisan, qui en se servant d'un corps pour former un autre corps, lui donne telle figure que bon lui semble, selon l'idée qu'il en conçoit, et qu'il en voit en lui-même par un regard intérieur de son esprit, qui n'aurait pas cette puissance si vous ne l'aviez créé lui-même.

Ainsi l'ouvrier donne une nouvelle forme à une matière qui était déjà, et qui était capable de la recevoir, comme le potier à la terre, le sculpteur au marbre, le menuisier au bois, l'orfèvre à l'or, les autres artisans de même, chacun sur les matières sur lesquelles ils travaillent. Mais, Seigneur, d'où ces matières auraient-elles tiré leur être, si vous ne les aviez point faites ? C'est vous qui avez formé le corps de l'ouvrier ; qui avez créé l'âme, laquelle remue comme il lui plaît les membres de ce corps ; qui êtes l'auteur de la matière sur laquelle il travaille, de l'esprit qui le rend capable de travailler avec art, et de considérer dans lui-même ce qu'il exécute au-dehors, et de tous ses sens corporels, par le moyen desquels ce qu'il fait passe de son imagination à son ouvrage, et qui lui rapportent ce qu'il a fait, afin qu'il consulte la vérité qui préside dans son âme, pour savoir s'il est bien fait. Toutes ces choses, Seigneur, vous louent, comme étant le Créateur de toutes choses.

Mais, mon Dieu, comment les avez-vous faites ? Comment avez-vous fait le ciel et la terre ? Certes, vous n'avez pas créé le ciel et la terre, ni dans le ciel, ni dans la terre, ni dans l'air, ni dans les eaux, puisque toutes ces choses sont comprises dans le ciel et dans la terre. Vous n'avez pas non plus créé tout ce grand univers dans l'univers, parce qu'avant qu'il fût créé il n'y avait point de place dans laquelle on le pût créer pour lui donner l'être. Vous n'aviez rien entre les mains dont vous pussiez former le ciel et la terre. Car d'où serait venue cette matière dont vous pussiez former quelque chose, si auparavant vous ne l'aviez faite elle-même, puisque votre être est la cause de tous les êtres ? Il faut donc conclure que vous avez dit, que ces choses fussent faites, et qu'elles ont été faites ; et qu'ainsi c'est par votre seule parole qu'elles ont été créées.

## CHAPITRE VI

### *De quelle sorte Dieu a parlé pour créer le monde.*

Mais de quelle sorte avez-vous parlé, lorsque vous avez créé le monde ? A-ce été en la même manière que vous fîtes entendre du haut des nues cette voix qui dit : « C'est là mon fils bien-aimé ? [1] » Car cette voix fut formée, et elle ne dura qu'un certain temps : elle commença, et elle finit ; chacune de ses syllabes résonna dans l'air, et puis elles passèrent toutes, la seconde après la première, la troisième après la seconde, et toutes les autres ensuite, jusqu'à ce que la dernière eût été entendue, et que le silence eût succédé à cette dernière ; ce qui fait clairement connaître que le mouvement temporel d'une créature servant à votre éternelle volonté a exprimé ces paroles. C'est pourquoi ces mêmes paroles qui n'ont été que passagères, ayant été rapportées par les oreilles du corps à l'âme, qui est intelligente, et qui tient les oreilles de son esprit attentives à écouter votre parole éternelle, elle les a comparées avec votre Verbe divin, avec cette parole ineffable que vous

1. Évangile de saint Matthieu, 3,17 et 17,5.

produisez dans un éternel silence, et a dit : « Il y a une grande et très grande différence entre l'un et l'autre. Car ces paroles passagères sont beaucoup au-dessous de moi, et ne sont pas même, puisqu'elles passent et qu'elles s'enfuient ; au lieu que la parole de mon Seigneur et de mon Dieu est infiniment élevée au-dessus de moi et subsiste éternellement. »

Que si ç'avait été avec des paroles résonnantes et passagères, que vous eussiez dit que le ciel et la terre fussent faits, et que vous eussiez en cette sorte créé le ciel et la terre, il faudrait qu'avant qu'ils eussent été créés, il y eût eu déjà quelque créature corporelle dont les mouvements temporels eussent pu servir à former cette voix dans le temps. Or il n'y avait aucun corps avant que le ciel et la terre fussent créés ; ou, s'il y en avait quelqu'un, il faudrait que c'eût été vous qui l'eussiez formé, et qu'ainsi vous eussiez formé sans proférer aucunes paroles passagères ce qui vous devait servir pour en proférer, et pour dire que le ciel et la terre fussent faits. Car quoi qu'eût pu être ce qui aurait servi à produire de semblables paroles, il serait impossible qu'il eût été, si ce n'était vous qui l'eussiez fait. Quelles paroles auriez-vous donc employées, mon Dieu, pour former le corps qui devait servir à produire ces paroles.

## CHAPITRE VII

*Le Verbe divin, qui est le Fils de Dieu, est éternel comme son Père.*

Vous nous appelez donc à d'autres pensées ; et lorsque nous entendons dire que vous avez parlé pour faire le ciel et la terre, vous voulez que nous portions notre esprit à l'intelligence de ce Verbe qui est en vous, et qui est comme vous ; de cette parole qui se dit éternellement, et par qui éternellement toutes choses sont dites. Car ce n'est point comme dans nos discours ordinaires, où, après qu'une chose a été dite, il s'en dit une autre, afin que toutes puissent être dites : mais là toutes les choses sont dites éternellement, et elles le sont toutes ensemble. Autrement il y aurait des temps et des changements en Dieu, et ainsi il ne jouirait point d'une véritable éternité, ni d'une véritable immortalité. Je sais, mon Dieu, que cela est ainsi. Je le sais très assurément, et je vous rends grâces de m'avoir donné cette connaissance. Et tout homme qui n'est point ingrat et rebelle à la lumière, ne peut qu'il ne reconnaisse une vérité si claire, et qu'il n'en bénisse votre saint nom.

Oui, Seigneur, nous savons certainement, que

c'est une espèce de mort ou de naissance de cesser d'être ce que l'on était, ou de devenir ce que l'on n'était pas encore : et ainsi votre Verbe étant véritablement immortel et éternel, il n'y a rien dans lui qui se retire, et qui s'éloigne pour faire place à une autre chose. C'est donc par votre Verbe qui est éternel comme vous, que vous dites éternellement et tout ensemble tout ce que vous dites : et tout ce que vous dites qui soit fait, est fait. Vous n'employez que votre seule parole pour le faire ; et néanmoins toutes les choses que vous faites par votre seule parole qui est éternelle, et qui comprend tout en même temps, ne sont pas produites toutes ensemble ni de toute éternité.

## CHAPITRE VIII

### *Le Verbe éternel est le principe des choses temporelles, et l'unique Maître qui nous instruit de la vérité.*

Mon Seigneur et mon Dieu, dites-moi, je vous prie, comment cela se peut faire. Je le comprends en quelque manière ; mais je ne sais comment l'expliquer, sinon en disant que tout ce qui commence d'être, et puis cesse d'être, commence et cesse alors d'être, quand cette raison éternelle connaît qu'il a dû commencer et cesser d'être, quoiqu'en elle rien ne commence et rien ne cesse. Cette raison éternelle est votre Verbe, principe de toutes choses, lequel parle dans le fond de notre cœur. Sa voix, lorsqu'il était dans un corps mortel, nous l'a ainsi fait entendre dans l'Évangile, et a préparé au-dehors les oreilles des hommes, afin qu'ils crussent en lui, et le cherchassent intérieurement pour le trouver dans l'éternelle vérité, où ce bon Maître et le seul Maître véritable de nos âmes enseigne tous ses disciples.

C'est là que j'entends, Seigneur, votre divine voix qui me dit : « Que celui-là seul parle véritablement à nous, lequel nous enseigne ; et que quant à celui qui nous parle sans nous enseigner, c'est tout de même que s'il ne nous parlait point. » Or qui est celui qui nous enseigne que la vérité est immuable ? Et lors même que nous sommes instruits par une créature muable, c'est pour nous conduire à cette vérité immuable qui est votre Verbe, par lequel, lorsque nous l'écoutons attentivement, nous sommes véritablement instruits et remplis d'une extrême joie d'entendre la voix de l'Époux qui nous réunit au principe dont nous avons été tirés. Et il paraît bien qu'il est notre véritable principe, puisque s'il ne demeurait toujours ferme, nous ne saurions où retourner, lorsque nous nous serions égarés. Ainsi quand nous revenons de ce malheureux égarement, c'est par la connaissance de la vérité que nous en revenons : et il nous instruit afin de nous la faire connaître, parce qu'il est le principe qui nous parle.

## CHAPITRE IX

### *En quelle manière le Verbe parle à notre cœur.*

Lors donc, Seigneur, qu'il est dit que vous avez créé au commencement le ciel et la terre : cela se peut entendre que vous les avez créés par ce principe, par votre Verbe, par votre Fils, par votre puissance, par votre sagesse, et par votre vérité. Vous les fîtes en parlant et en agissant d'une manière merveilleuse : mais qui sera capable de la comprendre ? qui sera capable de l'exprimer ? Quelle est cette lumière qui m'éclaire quelquefois de ses rayons, et qui en frappant mon cœur sans le blesser, me fait trembler et m'embrase tout ensemble : me fait trembler dans la confusion que j'ai de voir que je lui suis si dissemblable, et m'embrase d'amour quand je considère en quoi je lui suis dissemblable ?

C'est la sagesse, c'est la sagesse même qui m'éclaire de la sorte, et qui dissipe les nuages de mon âme, lesquels me couvrent de nouveau lorsque se détournant de cette lumière divine, et rentrant dans l'obscurité, elle succombe sous le poids de ses misères. Car sa vigueur est tellement abattue dans l'extrémité où je me trouve réduit, que je ne suis pas seulement capable de supporter mon bonheur, jusqu'à ce qu'après avoir eu compassion de mes péchés, vous me fassiez la grâce, mon Dieu, de me guérir dans mes langueurs, en retirant ma vie de la corruption où elle est plongée, en me couronnant par votre miséricorde, et en rassasiant mes désirs par l'abondance de vos faveurs, afin de renouveler ma jeunesse ainsi que celle de l'Aigle. C'est dans cette espérance que consiste maintenant notre salut, et l'effet de vos divines promesses. Que celui-là qui le peut vous entende parler intérieurement dans lui : pour moi je m'appuierai sur la certitude immuable de votre oracle pour m'écrier avec confiance : « Seigneur, que vos œuvres sont admirables ! vous avez fait toutes choses avec une sagesse infinie : c'est elle qu'elles ont pour principe ; et c'est par ce principe que vous avez créé le ciel et la terre. »

## CHAPITRE X

### *De ceux qui demandent ce que Dieu faisait avant qu'il eût créé le ciel et la terre.*

Ceux-là ne sont-ils pas encore dans l'aveuglement du vieil homme, qui demandent ce que Dieu faisait avant qu'il eût créé le ciel et la terre ? Car, disent-ils, s'il demeurait sans rien faire, pourquoi n'a-t-il pas toujours continué à demeurer ainsi sans agir, comme il y était toujours demeuré auparavant ? Que s'il y a eu en Dieu quelque nouveau mouvement, et quelque nouvelle volonté qui l'ait porté à donner l'être à une créature qu'il n'avait point encore créée, comment peut-on trouver une véritable éternité, où il se forme une volonté qui n'était point auparavant ? Car la volonté de Dieu n'est pas une créature, mais elle est avant toutes les créatures, puisque rien ne serait créé si la volonté du Créateur ne précédait cette création. Il s'ensuit donc que la volonté de Dieu est sa substance même. Or s'il est arrivé quelque chose dans la substance de Dieu qui ne fût pas auparavant, on ne peut pas dire avec vérité que cette substance soit éternelle. Si donc la volonté de Dieu a éternellement voulu qu'il y eût une créature, pourquoi cette créature n'a-t-elle pas aussi été éternelle ?

## CHAPITRE XI

### *Réponse à cette objection : Que l'éternité de Dieu ne se mesure pas par le temps.*

Ô sagesse de Dieu et lumière de nos âmes, ceux qui parlent de la sorte ne vous connaissent pas encore, et ne connaissent pas encore en quelle manière se font les choses qui se font par vous et dans vous. Ils s'efforcent de comprendre votre sagesse éternelle : mais en même temps leur esprit roule toujours en soi-même les images de ces mouvements qui font le passé et l'avenir ; et ainsi ils ne peuvent avoir qu'une vaine et fausse idée de ce qui est éternel.

Qui est celui qui arrêtera cet esprit volage, afin qu'il demeure un peu dans un état ferme, et qu'il contemple un peu la splendeur de cette éternité toujours immuable, pour la comparer avec les temps qui ne s'arrêtent jamais, et voir comme il n'y a point du tout de comparaison ; puisqu'au lieu que la durée du temps ne se forme que de plusieurs mouvements passagers, et qui ne sauraient passer tous ensemble, l'éternité au contraire n'a rien en soi qui se passe, mais que tout y est présent ; ce qui ne se rencontre point dans le temps, dont il n'y en a nul où tout soit présent, puisque tout le passé est chassé par l'avenir, et que tout l'avenir succède au passé ; au lieu que tout le passé et tout l'avenir sont formés, et accomplissent leur cours par la puissance de cette éternité qui ne cesse jamais d'être présente.

Qui arrêtera, dis-je, l'esprit de l'homme afin qu'il demeure ferme, et qu'il considère de quelle sorte cette éternité qui n'est ni passée ni future, forme tous les temps passés et futurs en demeurant toujours immobile ? Mais ma plume et ma langue sont-elles capables d'exprimer par mes paroles des choses si grandes et si relevées ?

## CHAPITRE XII

### *Ce que Dieu faisait avant la création du monde.*

Maintenant je veux répondre à ceux qui demandent ce que Dieu faisait avant que d'avoir créé le monde. Et je ne veux pas employer pour cela la réponse de celui qui se servit d'une raillerie pour éluder une question qui l'embarrassait, en disant qu'il préparait des supplices à ceux qui auraient la curiosité de s'enquérir de ce qui passe leur intelligence. Autre chose est de savoir ce qu'on doit dire dans la vérité et autre chose de railler. C'est pourquoi je ne fais point cette réponse ; et j'aimerais mieux avouer franchement que j'ignore ce que j'ignore, que de donner lieu par une semblable réponse de se moquer de celui qui aurait fait une question trop relevée, et de louer celui qui y aurait très mal répondu.

Je dis donc, mon Dieu, que vous êtes le Créateur de toutes les créatures ; et que si on les comprend toutes sous ces noms du ciel et de la terre, je ne crains point d'assurer, qu'auparavant que vous fissiez le ciel et la terre vous ne faisiez rien. Car si vous eussiez fait quelque chose, qu'eussiez-vous pu faire autre chose que des créatures ? Et je souhaiterais de savoir avec autant de certitude tout ce que je désire de savoir pour en faire un bon usage, comme je sais qu'aucune créature ne se faisait avant qu'elle se fît.

## CHAPITRE XIII

### *Qu'il n'y a point eu de temps avant la création du monde.*

Que si quelque esprit léger et volage se laissant aller aux imaginations de sa fantaisie, et se figurant une infinité de siècles passés, s'étonne de voir qu'étant comme vous êtes, le Dieu tout-puissant, le Créateur et le Conservateur de toutes choses, et l'admirable ouvrier qui avez formé le ciel et la terre, vous n'ayez point entrepris un si grand ouvrage durant cette innombrable multitude de siècles qui l'ont précédé, qu'il rentre un peu dans lui-même, et qu'il considère combien le sujet de son étonnement est peu raisonnable. Car puisque vous êtes l'auteur et le Créateur de tous les siècles, comment les siècles innombrables qu'il s'imagine auraient-ils pu se passer si vous ne les aviez créés ? ou quel temps aurait-il pu y avoir, s'il n'avait été formé par vous ? ou comment se serait-il passé s'il n'avait jamais été ?

Puis donc que vous êtes le Créateur de tous les temps, s'il y en a eu quelqu'un avant que vous eussiez fait le ciel et la terre, comment peut-on dire que vous demeuriez alors sans rien faire, puisqu'au moins vous faisiez ce temps : et ainsi il ne se peut point faire qu'il se soit passé du temps avant que vous fissiez le temps. Que s'il n'y a point eu de temps qui ait précédé le ciel et la terre, pourquoi demande-t-on ce que vous faisiez alors, vu qu'il n'y avait point d'alors où il n'y avait point de temps, et que ce ne peut être par le temps que vous précédez le temps, puisque si cela était, vous ne précéderiez pas tous les temps ? mais vous précédez tous les temps passés par l'éminence de votre éternité toujours présente, et vous êtes élevé au-dessus de tous les temps à venir, parce qu'ils sont à venir, et qu'ils ne seront pas plutôt venus qu'ils seront passés ; au lieu que vous êtes toujours le même, et que vos années ne cesseront jamais d'être.

Vos années ne vont ni ne viennent, ainsi que les nôtres vont et viennent, afin de se pouvoir toutes accomplir. Vos années demeurent toutes ensemble dans une stabilité immuable, parce qu'elles sont stables et permanentes, sans que celles qui passent soient chassées par celles qui leur succèdent, parce qu'elles ne passent point ; mais les nôtres ne seront toutes entièrement accomplies que lorsqu'elles se seront toutes écoulées. Vos années ne sont qu'un jour ; et votre jour n'est pas tous les jours, mais aujourd'hui, parce que votre jour présent ne fait point place à celui du lendemain, et ne succède point à celui d'hier ; et ce jour présent dont je parle est l'éternité. Ainsi vous avez engendré dans une éternité égale à la vôtre celui auquel vous avez dit : « Je vous ai engendré aujourd'hui[1]. » Vous avez donc fait tous les temps par votre puissance ; vous précédez tous les temps par votre éternité ; et il n'y a point eu de temps dans lequel on ait pu dire : « Il n'y avait point de temps. »

## CHAPITRE XIV

### *Des trois différences qui se rencontrent dans le temps.*

Il n'y a donc point eu de temps où vous n'ayez fait quelque chose, puisque vous aviez fait le temps ; et nuls temps ne vous sont coéternels, puisque vous demeurez toujours en même état, au lieu que s'ils y demeuraient, ils cesseraient d'être des temps. Qu'est-ce donc que le temps ? Qui le pourra dire clairement, et en peu de mots ? Et qui sera capable de le bien comprendre lorsqu'il en voudra parler ? Il n'y a rien toutefois qui soit plus connu que le temps, et dont il nous soit plus ordinaire de nous entretenir dans nos discours : et lorsque nous en parlons,

1. Psaume 2,7 et Lettre aux Hébreux, 5,5.

nous entendons sans doute ce que nous disons, et entendons aussi ce que les autres en disent quand ils nous en parlent.

Qu'est-ce donc que le temps ? Si personne ne me le demande, je le sais bien ; mais si on me le demande, et que j'entreprenne de l'expliquer, je trouve que je l'ignore. Je puis néanmoins dire hardiment que je sais, que si rien ne se passait, il n'y aurait point de temps passé ; que si rien n'avenait, il n'y aurait point de temps à venir ; et que si rien n'était, il n'y aurait point de temps présent. En quelle manière sont donc ces deux temps, le passé, et l'avenir ; puisque le passé n'est plus, et que l'avenir n'est pas encore ? Et quant au présent, s'il était toujours présent, et qu'en s'écoulant il ne devînt point un temps passé, ce ne serait plus le temps, mais l'éternité. Si donc le présent n'est un temps que parce qu'il s'écoule et devient un temps passé, comment pouvons-nous dire qu'une chose soit, laquelle n'a autre cause de son être, sinon qu'elle ne sera plus ? De sorte que nous ne pouvons dire avec vérité que le temps soit, sinon parce qu'il tend à n'être plus.

## CHAPITRE XV

### *En quoi consiste la mesure du temps.*

Nous disons néanmoins qu'un temps est long ou qu'il est court ; et nous ne le disons que du passé ou de l'avenir. Par exemple, nous disons du temps passé, qu'il y a longtemps, lorsqu'il y a plus de cent ans qu'une chose est passée, et du temps à venir, qu'il y a encore longtemps, lorsqu'une chose ne doit arriver que cent ans après ; comme au contraire nous disons du temps passé, qu'il y a peu de temps, lorsqu'il n'y a que dix jours que cela est passé ; ou du temps à venir, que c'est dans peu de temps, lorsque cela doit arriver dans dix jours. Mais comment une chose qui n'est point peut-elle être longue ou courte ? Or le passé n'est plus, et l'avenir n'est pas encore. Ne disons donc pas, lorsque nous parlons du passé : Ce temps-là est bien long ; mais il a été bien long. Et lorsque nous parlons de l'avenir, ne disons pas : Ce temps-là est bien long ; mais ce temps-là sera bien long.

Seigneur mon Dieu qui êtes la lumière de mon âme, votre vérité ne se moquera-t-elle pas ici de la simplicité et de la folie des hommes ? Car ce temps passé que nous disons avoir été long, l'a-t-il été lorsqu'il était déjà passé, ou quand il était encore présent ? Il pouvait seulement sans doute être long, lorsqu'il était quelque chose qui pût être long. Or le passé n'étant déjà plus, il ne pouvait plus aussi être long, puisqu'il n'était plus du tout. Ne disons donc pas : « Le passé a été long », puisque nous ne voyons pas qu'il l'ait pu être, d'autant que dès le moment qu'il a été passé, il n'a plus été. Mais disons : « Ce temps présent a été long », parce que lorsqu'il était présent il était long, à cause qu'il n'était pas encore passé au non-être, et qu'ainsi c'était une chose qui pouvait être longue ; au lieu qu'après qu'il a été passé, il a cessé d'être long en cessant d'être.

Voyons donc, ô mon âme, si le temps présent peut être long ; car tu es capable de connaître et de mesurer son étendue. Que me répondras-tu ? Diras-tu que cent années présentes sont un long temps ? Considère auparavant si ces cent années peuvent être présentes ; car si c'est la première de ces cent années qui fasse son cours, cette année est bien présente, mais les quatre-vingt-dix-neuf sont à venir, et par conséquent ne sont point encore. Que si c'est la seconde année qui s'écoule, il y en a une déjà passée, une présente, et toutes les autres sont à venir ; et si nous choisissons celle qu'il nous plaira de ces cent années entre la première et la dernière, et que nous la considérions comme présente, toutes celles qui la précèdent sont passées, et toutes celles qui la suivent sont à venir : tellement que ces cent années ne sauraient être présentes.

Mais vois, mon âme, si cette année que nous disons qui roule et se passe, peut être elle-même présente. Si elle est dans le premier de ses mois, tous les autres sont encore à venir ; si elle est dans le second, le premier est déjà passé, et les autres ne sont pas encore venus. Ainsi l'année qui fait son cours n'est pas toute présente non plus que les autres ; et si elle n'est pas toute présente, ce n'est pas une année présente, puisque l'année est composée de douze mois, dont celui qui court est présent, et les autres sont passés ou à venir. Ce mois même qui court n'est pas présent, mais seulement un de ses jours, tous les autres étant à venir, si c'est le premier ; et tous les autres étant passés, si c'est le dernier. Que si c'est un jour du milieu du mois, les uns sont déjà passés, et les autres ne sont pas encore venus.

Voilà donc ce temps présent, que nous trouvions être le seul que nous pussions appeler long, réduit à peine dans l'espace d'un seul jour. Mais examinons encore ce jour, et nous trouverons qu'il ne peut être tout présent, puisqu'il ne s'accomplit que par les heures de la nuit et du jour, qui toutes ensemble font le nombre de vingt-quatre, dont la première est suivie de toutes les autres, la dernière les suit, et chacune de celles qui sont entre deux en ont qui l'ont précédée, et d'autres qui viennent après elle.

Mais cette même heure n'étant composée que de moments fugitifs, tout ce qui s'est déjà écoulé d'elle est passé, et ce qui en reste est à venir. Si donc on peut concevoir quelque temps qui ne puisse être divisé en aucunes parties, quelque petites qu'elles puissent être, c'est là seulement ce que l'on doit nommer un temps présent : et ce temps présent passe du futur au passé avec une si extrême rapidité, qu'il n'a pas la moindre étendue par le moindre retardement ; car s'il en avait, on le pourrait diviser en passé et en avenir.

Le présent n'a donc aucune étendue : et ainsi où est le temps que nous puissions appeler long ? Sera-ce le temps à venir ? Non certes. Car nous n'avons garde de le nommer long, puisqu'il n'est pas seulement encore, et que pour être long il faudrait qu'il fût ; mais nous disons : « Il sera long. » Et quand donc le sera-t-il ? ce ne saurait être pendant qu'il sera à venir, puisque n'étant pas encore il ne saurait être long. Que si l'on dit qu'il sera long, lorsque de futur qu'il est il commencera d'être ce qu'il n'est pas, et qu'il deviendra présent, afin qu'ayant l'être il devienne long, nous voyons que le temps présent crie à haute voix par tout ce que j'ai rapporté ci-dessus, qu'il ne saurait être long.

## CHAPITRE XVI

### *Quel temps se peut et ne se peut pas mesurer.*

Toutefois, Seigneur, nous remarquons bien les intervalles des temps, et en les comparant ensemble nous disons que les uns sont plus longs, et que les autres sont plus courts. Nous savons aussi mesurer de combien un temps est plus long ou plus court que l'autre ; et nous répondons lorsqu'on nous en demande la différence, que l'un est le double de l'autre, ou le triple, ou bien qu'il lui est égal. Mais nous ne mesurons que les temps qui passent, et à mesure que nous les voyons passer. Or comment pourrait-on mesurer les temps passés, puisqu'ils ne sont plus ; ou les temps à venir, puisqu'ils ne sont pas encore, si ce n'est qu'on voulût dire qu'on puisse mesurer ce qui n'est point ? Lors donc que le temps se passe, on peut s'en apercevoir et le mesurer ; mais aussitôt qu'il est passé, on ne saurait plus le mesurer, puisqu'il n'est plus.

## CHAPITRE XVII

### *Où sont le passé et l'avenir.*

Je n'assure rien, mon Dieu et mon père : ce ne sont que des doutes que je propose. Assistez-moi, s'il vous plaît, et soyez mon guide dans cette recherche. Qui serait celui qui oserait dire qu'il n'y a pas trois temps, le passé, le présent et l'avenir, ainsi que nous l'avons appris étant encore tout petits, et que nous l'enseignons aux enfants, mais qu'il n'y a que le temps présent, à cause que les deux autres ne sont point ? Ou bien dira-t-on qu'ils sont aussi ; mais que le temps, lorsque de futur il devient présent, sort de quelque lieu caché, et se va cacher dans quelque autre, lorsque de présent il devient passé ? Car si les choses futures ne sont pas encore, où peuvent les avoir vues ceux qui les prédisent, puisqu'on ne saurait voir ce qui n'est pas ? Et ceux qui racontent les choses passées ne pourraient pas non plus les raconter, s'ils ne les voyaient des yeux de l'esprit. Or si elles n'étaient point en tout, on ne pourrait du tout les apercevoir. Il faut donc que le passé et l'avenir soient en quelque sorte.

## CHAPITRE XVIII

### *En quelle sorte le temps passé et l'avenir sont présents.*

Seigneur, qui êtes toute mon espérance, permettez-moi je vous prie d'approfondir encore davantage cette difficulté, sans que je sois troublé dans l'attention d'esprit que j'y apporte. Je désire de savoir où sont les choses futures et les passées, si l'on peut dire qu'elles sont. Que si cette connaissance est au-dessus de moi, au moins je suis assuré qu'en quelque lieu qu'elles soient, elles n'y sont ni futures ni passées, mais présentes, puisque si elles y sont futures, elles n'y sont pas encore, et que si elles y sont passées, elles n'y sont plus. En quelque lieu donc qu'elles soient, et quelles qu'elles puissent être, elles n'y sont que présentes. Ainsi lorsqu'on nous raconte des choses passées, si on les rapporte selon la vérité, on les tire de la mémoire, non pas les choses mêmes qui sont passées, mais les paroles qu'on a conçues des images de ces mêmes choses, qui en passant par nos sens ont imprimé dans notre esprit comme leurs traces et leurs vestiges. Car mon enfance, laquelle n'est plus, est dans le temps passé qui n'est plus aussi. Mais lorsque je m'en souviens, et que j'en raconte quelque chose, c'est sans doute dans le temps présent que je considère son image, parce qu'elle est encore dans ma mémoire.

J'avoue, mon Dieu, que j'ignore si c'est de la même sorte qu'on prédit l'avenir, l'image de ce qui n'est point encore étant déjà, et se présentant à notre esprit. Mais je sais bien que nous prévenons souvent par notre pensée nos actions à venir, et que cette préméditation est présente, encore que l'action que nous préméditons ne le soit pas, parce qu'elle n'est pas encore advenue, et qu'elle ne sera que quand nous aurons entrepris, et commencerons de faire cette action que nous avions préméditée, parce qu'alors elle ne sera plus future, mais présente.

En quelque sorte donc qu'arrive ce pressentiment secret des choses futures, on ne saurait voir que ce qui est. Or ce qui est déjà, n'est point à venir, mais présent. Ainsi lorsqu'on dit que l'on voit les choses futures, ce ne saurait être elles-mêmes, puisqu'elles ne sont pas encore ; mais c'est peut-être leur cause ou leur signe que l'on voit lesquels sont déjà. Ainsi ce qui donne moyen de prédire les choses à venir, n'est pas à venir, mais présent à ceux qui le voient, et qui s'en servent pour concevoir l'avenir : comme aussi la pensée dont ils les conçoivent est déjà dans leur esprit, quoique ce qu'ils conçoivent et qu'ils prédisent ne soit pas encore.

Entre un si grand nombre de choses qui m'en peuvent fournir des exemples, je veux ici en rapporter un. Lorsque j'aperçois l'aurore, je prévois aussitôt que le soleil va se lever : ce que j'aperçois est présent, et ce que je prédis est à venir, non pas le soleil qui est déjà, mais son lever qui n'est pas encore ; et je ne pourrais le prédire si je ne l'imaginais dans mon esprit, ainsi que je fais maintenant lorsque j'en parle. Mais cette aurore même laquelle je vois dans le ciel, n'est pas le lever du soleil, encore qu'elle le précède, ni cette imagination que je conçois dans mon esprit n'est pas non plus ce lever ; mais ce sont ces deux choses lesquelles sont présentes, qui me font prédire le lever du soleil qui est à venir. Par conséquent les choses futures ne sont point encore ; et si elles ne sont point encore, elles ne sont point ; et si elles ne sont point, elles ne peuvent en aucune sorte être vues ; mais elles peuvent être prédites par les choses présentes qui sont déjà, et qui sont vues.

## CHAPITRE XIX

*Il prie Dieu de lui faire comprendre en quelle manière les hommes connaissent les choses à venir.*

Mon Dieu, vous qui êtes le souverain Monarque de toutes les créatures, apprenez-moi je vous prie en quelle manière vous faites donc connaître aux hommes les choses futures. Car c'est vous qui les avez fait connaître à vos prophètes. Quelle est cette manière par laquelle vous, pour qui il n'y a rien qui soit à venir, faites connaître les choses futures ; ou pour mieux dire, faites connaître ce qu'il y a de présent des choses futures, puisqu'il est impossible de faire connaître ce qui n'est point. J'avoue que cette manière est si élevée au-dessus de moi, que la pointe de mon esprit ne peut pénétrer jusque-là. Je suis incapable d'y atteindre par moi-même ; mais il me sera facile par votre assistance, si votre lumière m'est favorable et daigne éclairer les yeux de mon âme.

## CHAPITRE XX

### *Quels noms il faut donner aux différences du temps.*

Ce qui me paraît maintenant avec certitude, et que je connais très clairement, c'est que les choses futures et les passées ne sont point, et qu'à proprement parler on ne saurait dire qu'il y ait trois temps, le passé, le présent et le futur : mais peut-être on pourrait dire avec vérité, qu'il y a trois temps, le présent des choses passées, le présent des choses présentes, et le présent des choses futures. Car je trouve dans l'esprit ces trois choses que je ne trouve nulle part ailleurs : un souvenir présent des choses passées, une attention présente des choses présentes, et une attente présente des choses futures. Si c'est ainsi qu'on l'entend, je vois trois temps, et je confesse qu'il y en a trois. Néanmoins que l'on dise si l'on veut, comme on a accoutumé de le dire improprement, qu'il y a trois temps, le passé, le présent et l'avenir. Qu'on le dise si on veut, je ne m'en soucie point, je ne m'y oppose point, je ne le trouve point mauvais ; pourvu toutefois qu'on entende ce que l'on dit, et qu'on ne s'imagine pas que ce qui est à venir est déjà, ni que ce qui est passé soit encore. Car il est sans doute qu'il y a fort peu de choses dont nous parlions proprement, et qu'il y en a plusieurs dont nous parlons improprement ; mais on ne laisse pas néanmoins de comprendre ce que nous voulons dire.

## CHAPITRE XXI

### *De quelle sorte on peut mesurer le temps.*

J'ai déjà dit que nous mesurons les temps qui se passent, afin de pouvoir dire : « Ce temps-ci est le double de l'autre » ; ou bien : « Ce temps-ci est égal à l'autre » ; et ainsi de toutes les autres parties du temps dont nous pouvons parler en les mesurant : ce qui fait voir que nous mesurons les temps lorsqu'ils se passent. Que si quelqu'un me demande comment je le sais, je réponds que je le sais, parce que nous les mesurons, et que nous ne saurions mesurer les choses qui ne sont point, ainsi que les passées et les futures ne sont point. Mais comment pouvons-nous mesurer le temps présent, puisqu'il n'a point d'étendue ? Nous le mesurons lorsqu'il passe, et nous ne le mesurons point lorsqu'il est passé, puisqu'il n'est plus pour pouvoir être mesuré.

Mais quand nous le mesurons, d'où, par où, et où passe-t-il ? D'où sinon du futur ? Par où sinon par le présent ? Et où sinon dans le passé ? Ainsi il va de ce qui n'est point, par ce qui n'a aucune étendue, dans ce qui n'est déjà plus. Que mesurons-nous donc sinon le temps dans quelques-uns de ses espaces ? Car ce n'est qu'en distinguant les espaces du temps que nous disons qu'ils sont simples, doubles, triples, égaux, et ainsi du reste. Mais de quel espace nous servons-nous pour mesurer le temps lorsqu'il passe ? Est-ce du futur d'où il passe ? mais nous ne saurions mesurer ce qui n'a point encore d'être. Est-ce du présent par où il passe ? mais nous ne saurions mesurer ce qui n'a point d'étendue. Est-ce du passé où il passe ? mais comment mesurerons-nous ce qui n'est plus ?

## CHAPITRE XXII

### *Il demande à Dieu l'éclaircissement de cette difficulté.*

Mon esprit brûle d'ardeur de comprendre une si grande énigme ; Seigneur qui êtes mon Dieu et mon bon père, je vous conjure par Jésus-Christ de ne m'en pas refuser l'intelligence. Ne refusez pas à mon extrême désir de pénétrer une question si cachée et si ordinaire tout ensemble ; mais faites que votre miséricorde comme une lumière favorable éclaircisse toutes les difficultés qui s'y rencontrent, afin que je les puisse comprendre. Qui puis-je consulter sur ce sujet, et à qui puis-je plus avantageusement confesser mon ignorance qu'à vous, qui n'avez pas désagréable l'ardeur si violente qui me presse d'acquérir l'intelligence de vos saintes Écritures ? Donnez-moi, Seigneur, ce que j'aime. Car je confesse que je l'aime ; et c'est vous qui me l'avez fait aimer. Accordez-moi cette grâce, vous qui êtes ce bon père qui ne donnez rien que de bon à vos enfants ; accordez-la-moi, je vous supplie, puisque j'ai entrepris de le connaître, et que je ne le puis si vous-même ne me découvrez ce qui est caché à mes yeux.

Je vous conjure par Jésus-Christ, par ce nom du Saint des Saints, que personne ne me trouble dans cette recherche. Je crois : et c'est pour cela que je parle ; et je ne vis que par l'espérance que j'ai de contempler les délices de mon Sauveur et de mon Maître. Vous avez réduit mes jours à l'état mortel et périssable du vieil homme, et ils s'écoulent, et je ne saurais dire comment. Nous avons sans cesse ces mots dans la bouche : le temps et les temps ; « combien celui-ci a-t-il été de temps à parler ? Combien cet autre a-t-il été de temps à faire cela ? Qu'il y a longtemps que je n'ai vu une telle chose ! Cette syllabe qui est longue a le double du temps de cette autre qui est brève. » Nous disons ces choses et les entendons dire aux autres ; on sait ce que nous voulons dire quand nous parlons de la sorte, et nous savons aussi ce que les autres veulent dire. Il n'y a rien de plus clair et de plus ordinaire que tout cela : et il n'y a rien en même temps qui soit plus obscur, et qui ait plus besoin d'une nouvelle recherche pour en acquérir une parfaite connaissance.

## CHAPITRE XXIII

### *Ce que c'est que le temps.*

J'ai entendu dire une fois à un homme fort savant, que le temps n'est autre chose que le mouvement du soleil, de la lune, et des autres astres ; mais je n'ai pu être de son sentiment. Car pourquoi les mouvements de tous les autres corps de la nature ne seraient-ils pas aussi bien le temps comme ceux-là ? Et pourquoi si les cieux et tous les astres cessaient de continuer leurs cours, et que la roue d'un potier tournât à son ordinaire, ne formerait-elle pas un temps selon lequel nous mesurerions tous ces tours, et dirions qu'ils seraient tous égaux ; ou si cette roue tournait tantôt plus vite et tantôt plus lentement, que les uns seraient plus longs, ou les autres plus courts ? Et lorsque nous dirions ces choses, ne serait-ce pas aussi dans le temps que nous parlerions ? Et de ce qu'entre les syllabes des mots que nous proférerions, il y en aurait quelques-unes qui seraient longues, et les autres brèves, ne serait-ce pas parce que nous aurions employé plus de temps à prononcer les unes que non pas les autres ? Mon Dieu, faites la faveur aux hommes d'observer dans une petite chose les notions communes et générales des choses qui servent à faire connaître les plus grandes et les plus petites.

Je sais qu'il y a des flambeaux célestes, et des astres qui nous marquent les saisons, les temps, les ans, et les jours. Je ne conteste point cette vérité ; et je ne voudrais pas dire aussi, que le tour de cette roue du potier fût ce même temps que nous appelons le jour : mais il ne s'ensuit pas de là que ce ne soit pas un temps. Que ce philosophe le croie s'il veut. Pour moi, je désire de comprendre en quoi consiste proprement la nature du temps par lequel nous mesurons les mouvements des corps, et disons, par exemple, que ce mouvement est deux fois plus long que l'autre. Ainsi puisque nous appelons un jour, non seulement cet espace de temps que le soleil emploie à demeurer sur la terre, selon laquelle manière de parler on distingue le jour de la nuit, mais aussi son tour tout entier de l'orient à l'orient, selon lequel nous disons que tant de jours se sont passés, comprenant dans ce nombre les nuits mêmes que l'on ne compte point séparément ; puis, dis-je, que le jour s'accomplit par le mouvement et par le tour du soleil d'orient en orient, je demande si c'est le mouvement qui fait le jour, ou si c'est le retardement et l'espace du temps dans lequel ce mouvement s'accomplit, ou bien si c'est l'un et l'autre. Car si c'est le premier, et que le mouvement fasse le jour, le jour serait donc, encore que le soleil eût achevé sa carrière dans un aussi petit espace de temps qu'il en est besoin pour former une heure. Si c'est le second, il n'y aurait donc point de jour, si entre le lever du soleil et un autre lever de ce même astre, il n'y avait pas davantage de temps qu'il en faut pour fournir une heure, et qu'il fût besoin que le soleil fît vingt-quatre fois son tour pour former un jour. Que si c'est l'un et l'autre, savoir le mouvement et le temps que le soleil demeure à passer, on n'appellerait point un jour le tour du soleil, s'il s'achevait tout entier durant l'espace d'une heure ; et on ne pourrait pas dire non plus qu'il se fût passé un jour, si le soleil cessant de marcher il s'écoulait autant de temps que cette planète a accoutumé d'en employer d'un matin à l'autre pour faire entièrement son tour.

Je ne m'arrêterai donc pas maintenant à rechercher ce que c'est qu'on nomme le jour ; mais ce que c'est que le temps par lequel en mesurant le tour du soleil, nous dirions qu'il aurait été accompli en moins de temps de la moitié qu'il n'aurait accoutumé, s'il arrivait qu'il l'eût achevé dans l'espace de douze heures. Et comparant ces deux temps ensemble, nous dirions que l'un est le double de l'autre, quoique le soleil fît quelquefois en l'un, et fît aussi quelquefois en l'autre son tour entier d'orient en orient. Que personne donc ne me dise que les mouvements des corps célestes forment les temps. Car le soleil s'étant arrêté à la prière de Josué [1], afin de lui donner le loisir de remporter une entière et pleine victoire, le temps ne laissa pas de courir encore que cet astre fût arrêté, puisque ce combat se continua et finit durant cet espace de temps qui était nécessaire pour l'achever. Je reconnais donc par là, que le temps n'est qu'une certaine étendue ; mais le vois-je en effet et en vérité, ou m'imaginé-je seulement que je le vois ? C'est à vous, mon Dieu, qui êtes la vérité et la lumière de me le faire connaître.

1. Livre de Josué, 10,12-14.

## CHAPITRE XXIV

### *Le temps est-il la même chose que le mouvement des corps.*

Me commandez-vous, mon Dieu, d'être de l'avis de celui qui dirait que le temps n'est autre chose que le mouvement des corps ? Non certes, vous ne me le commandez pas. Je sais bien que nul corps ne se meut que dans le temps. J'entends votre vérité qui me le dit ; mais je ne l'entends point qui me dise que ce mouvement des corps soit le temps. Vous ne le dites point sans doute. Car lorsque je vois mouvoir un corps, je mesure par le temps la durée de son mouvement depuis qu'il a commencé jusqu'à ce qu'il ait cessé de se mouvoir. Que si ne l'ayant point vu lorsqu'il a commencé et continué de se mouvoir je ne puis remarquer quand il a cessé son mouvement, il n'est pas en ma puissance de le mesurer, si ce n'est peut-être depuis le temps que j'ai commencé jusqu'à celui que j'ai cessé de le voir mouvoir. Et si ce mouvement dure beaucoup, je me contente de dire que ce temps a été bien long : mais je ne dis pas de combien il a été, parce que quand nous disons de combien il a été, nous le disons par comparaison à un autre, comme quand nous disons qu'il est égal, ou qu'il est le double d'un autre, et ainsi du reste. Que si nous pouvions remarquer les espaces des lieux d'où le corps qui se meut, ou au moins ses parties s'il tourne en rond, commencent et cessent de se mouvoir, nous pourrions dire dans combien de temps le mouvement de ce corps ou de quelqu'une de ses parties se serait fait depuis le lieu où il aurait commencé jusqu'à celui auquel il aurait fini.

Ainsi le mouvement du corps étant une chose différente de ce que nous mesurons quand nous recherchons la durée de ce mouvement, qui ne voit laquelle de ces deux choses doit plutôt être appelée le temps ? Car encore que le corps se meuve quelquefois diversement, et quelquefois demeure immobile, nous ne mesurons pas seulement son mouvement, mais aussi le temps qu'il a cessé de se mouvoir, et disons : « Il s'est arrêté durant autant de temps qu'il s'était mû » ; et ainsi plus ou moins, selon ce que nous l'avons mesuré en effet, ou croyons l'avoir mesuré. Le mouvement du corps n'est donc pas le temps.

## CHAPITRE XXV

### *Il s'adresse à Dieu.*

Je vous confesse, mon Dieu, que je ne connais pas encore ce que c'est que le temps : et je vous confesse aussi que je sais bien que c'est dans le temps que je dis ceci ; qu'il y a déjà longtemps que je parle du temps, et que ce long temps n'est autre chose qu'un intervalle de temps. Mais comment sais-je cela, puisque je ne sais pas ce que c'est que le temps ? N'est-ce point que j'ignore de quelle sorte se pourrait bien expliquer ce que je sais ? Hélas ! misérable que je suis, j'ignore même ce que j'ignore. Seigneur, me voici en votre présence, vous savez que je ne mens pas, et que ma bouche ne vous dit rien que ce qui est dans mon cœur. Mon Dieu, allumez ma lampe, et éclairez mes ténèbres.

## CHAPITRE XXVI

### *Si c'est par le temps que nous mesurons le mouvement des corps. Comment nous pouvons mesurer le temps même.*

Ne suis-je pas véritable, mon Dieu, lorsque je dis en votre présence que je mesure les temps ? Mais comment se peut-il faire que je les mesure, et que je ne connaisse pas ce que je mesure ? Je mesure le mouvement du corps dans le temps : et le temps ne le mesuré-je point ? Et comment pourrais-je mesurer le mouvement du corps ? Comment pourrais-je dire combien il dure, et combien il lui faut de temps pour arriver d'un lieu à l'autre, si je ne mesurais le temps dans lequel il fait ce mouvement ?

Mais comment est-ce que je mesure le temps même ? Est-ce par un temps plus court que nous mesurons un temps plus long, ainsi que nous nous servons d'une coudée pour mesurer une longue pièce de bois, et que nous mesurons par la durée d'une syllabe brève la durée d'une syllabe longue, et disons ensuite qu'elle a le double de l'autre ? C'est aussi en la même sorte que nous mesurons la longueur d'un poème par celle des vers qui le composent, et la longueur des vers par celle des pieds[1] ; et la longueur des pieds par celle des syllabes, et la longueur des syllabes qui sont longues par la durée des syllabes qui sont brèves, et non pas selon l'étendue que ces syllabes ont sur le papier. Car si on les mesurait ainsi, ce serait mesurer le lieu et non pas le temps. Mais lorsque les paroles passent en les prononçant, nous disons que ce poème est bien long, parce qu'il est composé de tant de vers ; que ces vers sont bien longs, parce qu'ils sont composés de tant de pieds ; que ces pieds sont bien longs, parce qu'ils sont composés de tant de syllabes ; et que cette syllabe est longue, parce qu'elle a le double d'une brève.

Mais on ne détermine pas pour cela un certain espace de temps, puisqu'il se peut faire qu'un petit vers demeure plus longtemps à se prononcer, si on le prononce lentement, que non pas un long que l'on prononce plus vite. Ce qui arrive de la même sorte en ce qui est d'un poème, d'un pied, et d'une syllabe. Ainsi il me semble que le temps n'est autre chose qu'une certaine étendue. Mais où se trouve

1. La poésie latine reposait, non sur le compte des syllabes, comme le fait la poésie française antérieure au vers libre, mais sur une succession de « pieds », le « pied » était composé de deux syllabes (spondée, iambe) ou de trois (dactyle, anapeste) ; et chaque syllabe était longue ou brève.

cette étendue ? Certes je ne sais, si ce n'est dans l'esprit même. Car dites-moi, mon Dieu, je vous prie, qu'est-ce que je mesure lorsque je dis indéfiniment : « Ce temps est plus long que l'autre » ; ou définiment : « Ce temps est le double de l'autre » ? C'est sans doute le temps que je mesure, je le sais bien : mais ce n'est pas l'avenir, puisqu'il n'est pas encore arrivé ; ce n'est pas le présent, puisqu'il n'a aucune étendue ; et ce n'est pas le passé, puisqu'il n'est plus. Qu'est-ce donc que je mesure ? Sont-ce les temps qui se passent, et non pas les temps passés ? C'est ce que j'avais dit ci-dessus.

## CHAPITRE XXVII

### *De quelle sorte nous mesurons le temps.*

Courage, mon âme, redouble ton attention et tes efforts. Dieu est notre aide et notre secours ; c'est lui qui nous a créés, et nous ne nous sommes pas créés nous-mêmes. Jette tes yeux vers l'endroit où la vérité commence à luire et à se faire paraître. Imagine-toi qu'une voix corporelle commence à se faire entendre, qu'elle continue à se faire entendre, et puis qu'elle cesse, et que le silence lui succède. Alors cette voix est passée, et ce n'est plus une voix : elle était à venir avant qu'elle se fît entendre ; et comme elle ne pouvait alors être mesurée, parce qu'elle n'était pas encore, elle ne le saurait être maintenant, à cause qu'elle n'est plus. Elle pouvait donc être mesurée pendant qu'elle résonnait, parce qu'elle était, et qu'ainsi on la pouvait mesurer ; mais en ce temps-là même elle n'était pas ferme et stable, puisqu'elle marchait et passait. Et ne serait-ce point pour cette même raison qu'on pouvait plutôt la mesurer, vu qu'en passant de la sorte elle s'étendait dans quelque espace de temps qui donnait moyen de la mesurer : car le présent n'a aucun espace ?

Si elle se pouvait donc alors mesurer, imagine-toi, mon âme, qu'une autre voix commence de résonner, et qu'elle résonne encore par un son continué et qui n'est point interrompu. Mesurons-la donc durant qu'elle résonne encore puisque lorsqu'elle cessera de résonner elle sera passée et ne sera plus pour pouvoir être mesurée. Mesurons-la donc, afin de dire quelle sera son étendue. Mais elle résonne encore, et on ne la saurait mesurer que depuis le temps qu'elle a commencé jusqu'à celui qu'elle cessera de résonner, puisque nous ne mesurons cet intervalle que depuis un certain commencement jusqu'à une certaine fin, et qu'ainsi la voix qui n'est pas encore finie ne saurait se mesurer en sorte que nous puissions dire si elle est ou longue ou brève, si elle est égale à une autre, si elle n'a duré que la moitié d'autant, ou deux fois autant, ou quelque chose semblable. Mais lorsqu'elle sera finie elle ne sera plus. Comment pourrons-nous donc la mesurer ? Nous mesurons toutefois les temps ; et cependant nous ne mesurons pas ceux qui ne sont point encore arrivés, ni ceux qui sont déjà passés, ni ceux qui n'ont aucune étendue, ni ceux qui n'ont point de bornes. Nous ne mesurons donc ni les temps à venir, ni les passés, ni les présents, ni ceux qui passent ; et nous mesurons toutefois les temps.

Ce vers latin, *Deus creator omnium*, qui est composé de huit syllabes, en a alternativement une brève et une longue : et ainsi la première, la troisième, la cinquième et la septième qui sont brèves, sont simples au regard de la seconde, de la quatrième, de la sixième, et de la huitième qui sont longues. Chacune de ces longues contient deux fois autant de temps que chacune de ces brèves. Je le remarque en les prononçant : j'assure qu'il est ainsi ; et on connaît manifestement et sensiblement qu'il est ainsi en effet. Autant que je puis être assuré d'une chose par mes sens, il me semble que je le suis lorsque je mesure une syllabe longue par une brève, et que je sais qu'elle a le double de l'autre. Mais lorsqu'elles résonnent l'une après l'autre, si la brève est la première et que la longue la suive, de quelle sorte arrêterai-je cette syllabe brève pour m'en servir à mesurer celle qui est longue, afin de connaître qu'elle lui est double, puisque cette syllabe longue ne commencera à résonner qu'après que la brève aura cessé de se faire entendre ? Je ne mesure pas même cette syllabe longue lorsqu'elle est présente, puisque je ne la mesure sinon après qu'elle est finie, et que quand elle est finie elle est passée. Qu'est-ce donc que je pourrai mesurer ? Où est cette syllabe brève dont je me sers pour mesurer la longue ? Où est cette syllabe longue que je puisse mesurer ? Elles ont toutes deux rendu leur son lorsqu'on les a prononcées : elles s'en sont envolées ; elles sont passées ; elles ne sont plus. Je les mesure néanmoins ; et autant qu'on se peut fier à l'expérience de ses propres sens je réponds hardiment, qu'en ce qui est de l'espace du temps l'une est simple et l'autre est double : ce que je ne saurais dire que lorsqu'elles sont déjà passées et finies. Ce n'est donc pas elles-mêmes que je mesure, puisqu'elles sont passées et ne sont plus ; mais je mesure quelque chose qui est dans ma mémoire, et qui y demeure fortement gravé.

Ainsi c'est dans toi, mon âme, que je mesure les temps. Ne m'importune point en demandant de quelle sorte cela se fait, et ne t'embarrasse point toi-même par mille diverses imaginations : c'est en toi, dis-je, que je mesure l'impression que les choses qui passent font dans toi, et qui y demeure après qu'elles sont passées. C'est cette impression que je mesure et qui est présente, et non pas les choses qui sont passées et qui l'ont formée. C'est elle que je mesure lorsque je mesure le temps ; et par conséquent ou je ne mesure point les temps, ou ces temps ne sont autre chose que ces impressions qui se forment dans ma mémoire.

Mais nous mesurons même les silences, et disons que ce silence a autant duré que ce son. Et comment cela se peut-il faire, sinon par l'attention que nous faisons dans notre pensée au temps que cette voix a duré, de même que si elle résonnait encore, afin de pouvoir comprendre quelque chose de l'intervalle du silence par le temps que le bruit aurait duré. C'est pourquoi aussi sans proférer aucune parole, et sans ouvrir seulement la bouche, nous proférons en nous-mêmes des poèmes, des vers, et quelque discours que ce puisse être, et en concevons toutes les mesures et tous les rapports que les mots et les syllabes ont les uns aux autres, tout de même que si nous les prononcions à haute voix. Tellement que si quelqu'un se propose de soutenir en parlant le ton de sa voix, il résout dans son esprit combien il la veut faire durer ; il détermine dans le silence cet intervalle de temps, et le donne en garde à sa mémoire, puis commence à proférer cette voix, laquelle se fait entendre jusqu'à ce qu'elle soit arrivée au terme qu'il s'était proposé, ou pour mieux dire, elle s'est fait entendre et se fera entendre, puisque ce qui en est déjà passé s'est fait entendre, et que ce qui en reste se fera entendre. Ainsi elle s'achève lorsque l'attention présente de notre esprit fait que l'avenir devient passé, et que le passé s'augmente d'autant que l'avenir diminue, jusqu'à ce qu'étant entièrement écoulé, il n'y ait plus rien que de passé.

## CHAPITRE XXVIII

### *C'est par l'esprit que nous mesurons les temps.*

Mais comment le futur qui n'est pas encore peut-il s'amoindrir ou s'écouler ? Ou comment le passé peut-il croître, puisque déjà il n'est plus, si ce n'est parce que dans l'esprit qui opère cet effet il se rencontre trois choses, savoir l'attente, l'attention et le souvenir : de sorte que ce qu'il attend devient l'objet de son attention présente, pour n'être plus ensuite que l'objet de son souvenir ? Qui pourrait nier que les choses futures ne sont pas encore ? et toutefois l'attente des choses futures est dans notre esprit. Qui pourrait nier que les choses passées ne sont plus ? et toutefois la mémoire des choses passées demeure dans notre esprit. Et enfin qui pourrait nier que le temps présent n'a point d'étendue, puisqu'il passe en un moment ? et toutefois notre attention demeure, et c'est par elle que ce qui n'est pas encore se hâte d'arriver pour n'être plus. Ainsi le temps à venir ne se peut pas dire être long : mais un long temps à venir n'est autre chose qu'une longue attente du temps futur. Il n'y a point aussi de long temps passé, puisqu'il n'est plus : mais un long temps passé n'est autre chose qu'un long souvenir du temps passé.

Par exemple, je veux réciter un psaume que je sais par cœur. Avant que de le commencer mon attention s'étend à tout ce psaume ; mais lorsque je l'ai commencé, autant de versets que j'en ai dits et qui sont passés deviennent l'objet de ma mémoire, et cette action de mon âme se sépare comme en deux parties, dont l'une est mémoire au regard de ce que j'en ai dit, et l'autre est comme une préparation et une attente au regard de ce que j'en ai encore à dire. Mais mon attention par laquelle doit traverser, pour parler ainsi, ce qui est encore à venir et à réciter afin qu'il devienne passé, est toujours présente, et plus j'avance dans ce récit, plus ce qui n'était que dans l'attente diminue, et ce qui doit être dans la mémoire s'augmente, jusqu'à ce que cette attente qui regardait l'avenir étant finie, il ne reste plus rien dans toute cette action que pour la mémoire laquelle regarde le passé. Or ce qui arrive dans le récit de tout ce psaume, arrive aussi dans chacune de ses parties et dans chacune de ses syllabes : il arrive aussi dans un récit de plus longue haleine dont ce psaume pourrait n'être qu'une partie; il arrive dans toute la vie de l'homme, dont toutes les actions qu'il fait sont des parties, et il arrive dans tous les siècles des enfants des hommes, dont toutes les vies des hommes ne sont aussi que des parties.

## CHAPITRE XXIX

### *De l'attention que notre âme doit avoir pour s'unir à Dieu.*

Mais d'autant, mon Dieu, que votre miséricorde est préférable à toutes les vies, je vous confesse que ma vie n'est qu'une dissipation continuelle dans laquelle votre main favorable m'a recueilli par le moyen de Jésus-Christ mon Seigneur, par le moyen de ce fils de l'homme médiateur entre vous qui êtes un, et nous qui sommes plusieurs, et qui en mille diverses manières nous laissons emporter à une infinité de choses, afin que comme il m'a uni à lui, je m'unisse aussi à vous par lui, et que me détachant de cette multiplicité des jours dans lesquels je vivais selon le vieil homme, je me rejoigne à l'unité souveraine, et oublie toutes les choses passées, non pour me porter à celles qui sont à venir et qui passeront comme ont fait les autres, mais pour m'attacher à celles qui sont devant moi et qui subsistent toujours, afin que demeurant ferme dans elles, au lieu de m'écouler avec elles je poursuive sans cesse ma course, non par une vague dissipation d'esprit, mais par une application stable vers cette palme à laquelle vous nous appelez dans le ciel, où j'entendrai retentir les cantiques de vos louanges, et vous contemplerai dans votre joie ineffable, qui ne connaît ni l'avenir, ni le passé, parce qu'elle est immuable et toujours présente.

Mais maintenant mes années se passent dans les gémissements et dans les douleurs : et au lieu que vous, Seigneur, qui êtes mon bon père et toute ma consolation, jouissez d'une éternité bienheureuse, je suis devenu par mon péché sujet à la vicissitude et aux impressions des temps, dont j'ignore l'ordre et les suites ; et mes pensées qui sont comme les entrailles de mon âme sont déchirées par mille différents troubles qui les agitent, et les agiteront toujours jusqu'à ce qu'étant purifié par le feu de votre amour, je m'unisse à vous de telle sorte que je ne sois plus qu'une même chose avec vous.

## CHAPITRE XXX

### *Il montre de nouveau que c'est une question ridicule de demander ce que Dieu faisait avant qu'il eût créé le monde.*

C'est alors, Seigneur, que je serai ferme et immuable en vous et en votre vérité, qui est la forme qui m'a donné l'être ; et je ne serai plus tourmenté de ces importunes questions des hommes, qui par une maladie qui est la peine de leur péché ont plus de curiosité de savoir, que de capacité de comprendre, et demandent ce que Dieu faisait avant qu'il eût créé le ciel et la terre : ou comment il s'est avisé de faire quelque chose, vu qu'auparavant il n'avait jamais rien fait.

Faites-leur la grâce, mon Dieu, de mieux penser à ce qu'ils disent, et de reconnaître qu'on n'use point de ce terme de *jamais* où il n'y a point de temps. Car en disant que vous n'aviez jamais rien fait, que dit-on autre chose sinon que vous n'aviez rien fait en aucun temps ? Qu'ils voient donc qu'il n'a pu y avoir aucun temps si vous ne l'aviez créé : et qu'ainsi ils cessent de parler avec si peu de lumière ; mais qu'au contraire ils portent leurs pensées vers les choses qui sont devant eux étant toujours stables et permanentes, et qu'ils comprennent que vous, qui êtes le Créateur éternel de tous les temps, êtes avant tous les temps ; et que tous ces temps, ni aucunes autres créatures, s'il s'en rencontre quelques-unes qui les aient précédés, ne vous sont point coéternels.

## CHAPITRE XXXI

### *La différence qu'il y a entre les connaissances de Dieu et celles des hommes.*

Seigneur, mon Dieu, combien est profond l'abîme de votre secret, et combien m'en suis-je éloigné par les malheureuses suites de mes péchés ! Guérissez, je vous prie, les yeux de mon âme, et faites que j'aie la joie d'apercevoir votre lumière. Certes s'il y avait un esprit qui fût rempli d'une si grande science et d'une telle connaissance de l'avenir, que toutes les choses passées et les futures lui fussent aussi connues que m'est un psaume, il faut avouer que cet esprit serait non seulement admirable, mais qu'il le serait jusqu'à donner de l'étonnement, puisqu'il verrait aussi clair dans tout ce qui est des siècles passés et des siècles à venir ; comme lorsque je chante un psaume, je vois clairement quelle partie j'en ai déjà dite, et ce qui m'en reste à dire. Mais ne permettez pas, s'il vous plaît, Seigneur, qu'il m'entre dans la pensée que vous, qui êtes le Créateur des corps et des âmes, connaissez en cette sorte toutes les choses futures et les passées : vous les connaissez d'une manière incomparablement plus merveilleuse, et qui nous est incomparablement plus cachée. Car au lieu que l'esprit et l'imagination de celui qui chante ou qui écoute chanter un psaume qu'il sait, ressentent divers mouvements, et se partagent en quelque sorte par l'attente des vers qui restent encore à réciter, et par le souvenir de ceux qui ont déjà été récités, il ne vous arrive rien de semblable, mon Dieu, qui êtes le souverain Créateur de nos esprits, parce que vous êtes vraiment éternel, et par conséquent incapable de quelque changement que ce puisse être.

Comme donc dès le commencement vous avez connu le ciel et la terre sans aucune variété de connaissance, vous avez de même dès le commencement créé le ciel et la terre sans aucune différence d'action. Que celui qui peut comprendre ces choses confesse votre grandeur ; et que celui qui ne les saurait comprendre ne laisse pas de la confesser.

Ô combien êtes-vous élevé, mon Dieu ! et néanmoins les humbles de cœur sont votre maison et votre temple. Car c'est vous qui relevez ceux qui sont tombés, et qui empêchez de tomber ceux dont vous êtes l'élévation.

# LE CIEL ET LA TERRE

## CHAPITRE PREMIER

### *De la difficulté qu'il y a de connaître la vérité.*

Seigneur, dans la pauvreté où mon âme est réduite durant cette vie, mon esprit étant excité par les paroles de votre Écriture sainte, enfante beaucoup de pensées dont il désire d'être éclairci. C'est pourquoi il arrive souvent que plus notre intelligence est bornée dans la connaissance des choses, et plus elle se répand dans la multitude des paroles, parce qu'on en emploie davantage à rechercher la vérité qu'à la trouver ; que l'on est plus longtemps à demander qu'à obtenir ; et qu'il y a plus de peine à frapper à une porte, qu'à recevoir ce que l'on nous donne lorsqu'elle est ouverte. Mais nous nous appuyons sur votre promesse [1] : et qui

1. Lettre aux Romains, 8,31 et Évangile de saint Matthieu, 7,7.

nous en pourrait ravir l'effet? Si Dieu est pour nous, qui sera contre nous? Nous savons que vous avez dit : « Demandez, et vous recevrez; cherchez, et vous trouverez; frappez à la porte, et elle vous sera ouverte. Car celui qui demande reçoit; celui qui cherche trouve; et on ouvre à celui qui frappe. » Ce sont vos promesses, mon Dieu : et qui pourrait craindre d'être trompé quand la vérité même fait des promesses?

## CHAPITRE II

### *Qu'il y a deux sortes de cieux, l'un corporel et l'autre spirituel.*

Ma langue confesse humblement à votre haute Majesté, que vous avez créé le ciel et la terre. J'entends ce ciel que mes yeux voient au-dessus de moi, et cette terre sur laquelle marchent mes pieds, et de laquelle a été tiré le limon dont mon corps a été formé. C'est vous sans doute qui avez créé et ce ciel et cette terre. Mais, mon Dieu, où est ce ciel du ciel dont le Prophète nous parle, lorsqu'il nous dit dans le Psaume : « Le Seigneur s'est réservé le ciel du ciel, et a donné la terre en partage aux enfants des hommes[1] ? » Où est, dis-je, ce ciel qui ne se voit point, et en comparaison duquel tout ce qui se voit n'est que de la terre ? Car toute cette masse corporelle que nous voyons, n'a pas une égale beauté dans toutes ses parties, et principalement dans les plus basses comme est notre terre. Mais le ciel même qui couvre cette terre que nous habitons, ne peut passer que pour une terre au regard de ce ciel du ciel : et l'on peut dire avec vérité, que ces deux grands corps de la nature, le ciel et la terre, ne sont que terre si on les compare à cet autre ciel que je ne sais comment exprimer, qui appartient seulement à Dieu, et non point aux enfants des hommes.

## CHAPITRE III

### *Des ténèbres qui étaient répandues sur la face de l'abîme*[2].

Mais il est dit, que cette terre était invisible, déserte, et informe, et qu'il y avait comme une

1. Psaume 115,16. Ce ciel du ciel est la Jérusalem céleste, séjour des anges, promis aux saints.
2. Ce chapitre médite sur le second verset de la Genèse : « La terre était informe et toute nue, les ténèbres couvraient la face de l'abîme : et l'Esprit de Dieu était porté sur les eaux » (traduction Sacy).

espèce de profond abîme sur lequel il ne reluisait aucune lumière, parce que tout cela n'avait encore aucune beauté. Et c'est pourquoi vous avez fait écrire à Moïse, que les ténèbres étaient répandues sur la face de l'abîme. Or que sont les ténèbres sinon l'absence de la lumière ? Et ainsi, comme si la lumière eût été dès lors, elle n'eût pu être que répandue sur les choses qui auraient été éclairées par elle : ce que l'Écriture dit, « que les ténèbres étaient répandues sur la face de l'abîme » ne signifie autre chose, sinon qu'il n'y avait point de lumière. Les ténèbres donc étaient sur l'abîme, parce que la lumière n'y était pas : de même qu'il y a du silence où il n'y a point de bruit. Car que veut dire autre chose, « tout est en silence en ce lieu-là », sinon qu'il n'y a point de bruit en ce lieu-là ? N'est-ce pas vous, mon Seigneur, qui avez enseigné cette vérité à cette âme qui vous parle ? N'est-ce pas vous qui m'avez appris, qu'avant que vous eussiez formé cette matière sans forme, et que vous en eussiez distingué et séparé toutes les parties selon l'ordre que nous y voyons, elle n'était rien de particulier, ni couleur, ni figure, ni corps, ni esprit ? Ce n'était pas toutefois un pur néant, mais c'était une certaine chose informe qui n'avait aucune beauté.

## CHAPITRE IV

### *De la matière première.*

Comment donc aurait-on pu la nommer pour la faire comprendre en quelque manière à ceux qui ont l'esprit pesant, sinon en se servant pour cela de quelque nom qui fût dans l'usage commun et ordinaire ? Et qu'aurait-on su trouver dans toutes les parties du monde qui ait plus de rapport avec une chose informe que la terre et que l'abîme, puisque étant dans le plus bas et dans le dernier degré des créatures, elles sont beaucoup moins belles que toutes les autres qui leur sont supérieures, et qui sont si excellentes et si éclatantes de lumière ? Pourquoi donc ne croirons-nous pas que l'Écriture, s'accommodant à la faiblesse des hommes, a voulu appeler du nom de terre invisible et sans forme cette matière informe que vous aviez créée dépourvue de toute beauté, pour vous en servir ensuite à en faire un monde si beau et si admirable ?

## CHAPITRE V

### *Quelle était cette matière première.*

Lorsque notre pensée et notre imagination s'efforcent de rechercher ce que nos sens peuvent comprendre sur le sujet de cette terre invisible et sans aucune forme, et que nous nous disons à nous-mêmes : « Ce n'est pas une forme intelligible et spirituelle comme est la vie, et comme est la justice considérées dans leur source qui est Dieu même, puisque c'est la matière dont les corps ont été formés ; et ce n'est pas non plus une chose qui soit sensible, puisqu'on ne saurait rien apercevoir ni remarquer en ce qui est invisible et sans nulle forme. » Lors, dis-je, que l'esprit de l'homme parle de la sorte en soi-même de cette matière première, qu'il sache qu'on la connaît en l'ignorant, et qu'on l'ignore en la connaissant, parce que tout ce qu'on peut savoir d'elle est plutôt ce qu'elle n'est pas que ce qu'elle est.

## CHAPITRE VI

### *Erreur des Manichéens touchant la matière première ; et comme il la faut concevoir.*

Seigneur, s'il faut que ma langue et ma plume vous confessent tout ce que vous m'avez appris sur le sujet de cette matière première, j'avoue qu'en entendant autrefois nommer ce nom par ceux qui m'en parlaient sans y rien comprendre, et n'y comprenant rien non plus qu'eux, je me l'imaginais avec un nombre infini de formes diverses ; et ainsi, l'imagination que j'en avais était très fausse. Mon esprit roulait et se représentait en lui-même des figures et des formes hideuses, horribles, et confuses, mais qui ne laissaient pas d'être des figures et des formes ; et je nommais néanmoins cette matière informe, non parce que je crusse qu'elle n'eût aucune forme, mais parce que je pensais qu'elle en eût de si extraordinaires et de si étranges, que s'il se fût présenté devant moi quelque chose de semblable, mes yeux en auraient eu horreur, et la faiblesse qui est naturelle aux hommes aurait fait que je ne l'aurais pu voir sans trouble : ainsi ce que je m'imaginais de la sorte, n'était pas tant informe par la privation de toute sorte de forme et de beauté, que par la comparaison que j'en faisais avec des choses plus belles et plus agréables. Cependant ma raison me faisait bien voir, que si je voulais m'imaginer une chose entièrement informe, je devais la considérer comme dénuée de tout ce qui a la moindre apparence et la moindre trace de quelque forme que ce soit ; mais je ne le pouvais, parce qu'il m'était plus facile de croire qu'une chose qui était sans aucune forme n'était point du tout, que de m'en imaginer une du tout informe, et qui étant comme un milieu entre le néant et une forme parfaite, ne fût presque rien.

C'est pourquoi je ne m'arrêtai plus à mon imagination, qui ne me pouvait représenter que des corps tout formés, parce qu'elle est pleine de leurs images, et qu'elle les change et les diversifie comme il lui plaît ; mais je portai mon attention vers les corps mêmes, et considérai de plus près cette mutabilité qui les fait cesser d'être ce qu'ils étaient, et commencer d'être ce qu'ils n'étaient pas. Alors je commençai à entrevoir que ce passage d'une forme à une autre se faisait par je ne sais quoi d'informe qui n'était pas un pur néant : mais je désirais de le connaître avec certitude, et non pas seulement en avoir quelque conjecture et quelque soupçon.

Que si je vous propose, mon Dieu, et de vive voix et par écrit tout ce que vous m'avez découvert sur le sujet d'une question si obscure, qui sera celui de tous ceux qui le liront qui aura assez de patience et assez d'attention pour le comprendre ? Mon esprit néanmoins ne laissera pas de vous rendre l'honneur qui vous est dû, et de vous remercier par un Cantique de louange des choses qu'il ne saurait exprimer. Il est donc vrai que la mutabilité de toutes les choses muables est capable de toutes les formes que ces choses sujettes à changement peuvent recevoir. Mais qu'est-ce que cette mutabilité ? est-ce un esprit ? est-ce un corps ? ou quelque espèce de l'un et de l'autre ? Certes je dirais s'il était permis, que c'est un néant, qui tout ensemble est et n'est pas : et toutefois il fallait qu'elle fût en quelque sorte pour être capable de recevoir ces formes visibles et si agréables.

## CHAPITRE VII

### *Que Dieu a créé d'abord le ciel, c'est-à-dire les substances spirituelles qui jouissent de son éternité ; et la terre, c'est-à-dire la matière première dont tous les corps ont été tirés.*

Mais d'où cette matière première, en quelque sorte qu'elle fût, pouvait-elle avoir tiré son origine, sinon de vous de qui toutes choses procèdent en quelque manière qu'elles soient, quoiqu'elles se trouvent d'autant plus éloignées de vous qu'elles vous sont plus dissemblables (car ce n'est pas dans la distance des lieux que cet éloignement consiste) ? Ainsi, mon Dieu, qui n'êtes point tantôt une chose et tantôt une autre, ni tantôt d'une manière et tantôt d'une autre, mais qui êtes toujours et immuablement le même, qui êtes le Saint des Saints, le Seigneur et le Dieu tout-puissant, par ce principe qui est en vous, par votre sagesse qui est née de votre substance, vous avez créé quelque chose, et l'avez créé de rien.

Car vous avez créé le ciel et la terre, non pas de votre substance, puisqu'ils auraient été égaux à votre Fils unique, et par conséquent à vous, et qu'il n'y aurait point d'apparence que ce qui n'est pas en vous fût égal à vous. Or il n'y avait nulle autre chose hors de vous, mon Dieu, unité suprême et ineffable Trinité, dont vous l'eussiez pu former, et partant vous avez fait de rien le ciel et la terre, c'est-à-dire quelque chose d'excellent, et quelque chose qui n'est presque rien, parce que vous êtes tout-puissant et tout bon pour pouvoir faire toutes sortes de biens. Ainsi vous avez fait ce ciel dans un excellent degré de bonté, et vous avez fait la terre dans le plus bas degré de l'être. Vous étiez, et il n'y avait nulle autre chose dont vous eussiez pu faire le ciel et la terre, l'un qui approche de vous, et l'autre qui approche du néant : l'un qui n'a que vous au-dessus de lui, et l'autre qui n'a rien au-dessous d'elle.

## CHAPITRE VIII

### *La matière première a été faite de rien ; et d'elle ont été faites toutes choses.*

Mais ce ciel, Seigneur, est celui que vous vous êtes réservé ; et quant à cette terre que vous avez donnée aux enfants des hommes pour la voir et pour la toucher, elle n'était pas du commencement telle que nous la voyons, et que nous la touchons à cette heure, parce qu'elle était invisible et informe. Et votre Écriture ajoute ensuite, que « les ténèbres étaient répandues sur la face de l'abîme », c'est-à-dire qu'il y avait un abîme, sur lequel il n'y avait aucune lumière, et beaucoup moins qu'il n'y en a maintenant au fond de l'abîme : car l'abîme de ces eaux qui sont à présent visibles, a dans ses gouffres les plus profonds quelque éclat de beauté qui accompagne sa nature, et qui se rend sensible en sa manière aux poissons et aux autres animaux qui se retirent dans ses antres. Mais tout ce que l'Écriture a marqué par ce mot d'abîme n'était quasi qu'un néant, parce qu'il était tout à fait informe : c'était néanmoins quelque chose, puisqu'il pouvait être formé. Ainsi vous avez fait le monde, Seigneur, d'une matière tout informe que vous avez créée de rien, n'étant elle-même presque rien, pour vous en servir à former tous ces grands ouvrages qui sont le sujet de l'admiration des hommes.

Et en effet qui peut assez admirer ce ciel corporel que vous créâtes le second jour après avoir fait la lumière, en disant qu'il fût fait, et il le fut aussitôt? Ce firmament qui divise les eaux d'avec les eaux, et que vous nommâtes ciel, mais le ciel de cette terre et de cette mer que vous fîtes le troisième jour en donnant une forme visible à cette matière informe que vous aviez créée avant qu'il y eût aucun jour. Vous aviez aussi avant qu'il y eût aucun jour fait déjà le ciel, puisqu'il est dit que dès le commencement vous avez créé le ciel et la terre : mais ce ciel est le ciel de celui que nous voyons, c'est-à-dire un ciel intelligible et spirituel, qui est tellement élevé au-dessus du ciel sensible, qu'il peut être appelé son ciel. De même cette terre que vous aviez faite était une matière informe, puisqu'elle n'était ni visible ni formée, et que les ténèbres étaient répandues sur la face de l'abîme. C'est donc de cette terre invisible et déserte; c'est de cette matière informe; c'est de ce presque rien que vous avez fait toutes les choses par lesquelles ce monde inconstant subsiste et ne subsiste pas. Et c'est dans ce monde que la mutabilité commence à paraître, et que l'on y peut remarquer et compter les temps, parce qu'ils naissent des changements qui arrivent dans les choses, selon que ces formes qui ont eu pour matière cette terre invisible dont j'ai parlé, s'altèrent ou se changent en elles.

## CHAPITRE IX

*Que le ciel créé au commencement marque les créatures spirituelles unies à l'éternité de Dieu, et la terre la matière première : et que ni l'un ni l'autre n'est sujet au temps.*

C'est pourquoi le Saint-Esprit, qui a conduit la plume de votre serviteur Moïse, nous apprend que vous avez fait au commencement le ciel et la terre : mais il ne parle point de temps, ni de jours ; d'autant que ce ciel du ciel que vous fîtes dès le commencement est une créature intelligente, qui, quoique nullement coéternelle à votre nature infinie qui subsiste en trois personnes, participe néanmoins de telle sorte à votre éternité par le bonheur qu'elle a de vous contempler sans cesse, que la douceur ineffable de ce contentement divin arrêtant sa mutabilité naturelle, et l'attachant inséparablement à vous sans qu'elle ait jamais souffert la moindre défaillance, elle n'a rien que de stable et d'élevé au-dessus des vicissitudes des temps. L'Écriture n'a pas non plus compté, entre ceux de vos ouvrages qu'elle distingue par jours, cette terre invisible et informe, parce que rien n'arrive ni ne se passe où il n'y a ni forme ni ordre : et où ces changements ne se trouvent point, il n'y a ni jours ni intervalle de temps.

## CHAPITRE X

### *Il prie Dieu de lui faire connaître la vérité.*

Ô Vérité qui êtes la lumière de mon âme, que ce soit vous, et non pas mes ténèbres qui me parlent. Je me suis laissé emporter dans ces malheureuses vicissitudes des choses mortelles et passagères, et elles m'ont rempli l'esprit de ténèbres : mais cela même m'a servi pour vous aimer. Je me suis égaré ;

et dans mon égarement je me suis souvenu de vous. J'ai entendu derrière moi votre voix qui me commandait de retourner ; et j'ai eu peine de l'entendre à cause du bruit et du tumulte que mes péchés faisaient dans moi-même. Voici maintenant que je reviens tout hors d'haleine et tout en sueur, pour me rafraîchir dans votre sainte fontaine. Que personne ne m'en empêche, Seigneur, j'en boirai, et je vivrai. Car mon âme n'est pas elle-même la vie dont elle vit. Elle a bien pu dans ses désordres se donner la mort à soi-même, mais c'est en vous seul qu'elle recouvre la vie. Parlez-moi, instruisez-moi. J'ai cru vos saintes Écritures ; et vos paroles m'ont paru remplies de mystères bien profonds.

## CHAPITRE XI

### *Diverses vérités que Dieu lui avait fait connaître très clairement.*

Vous m'avez déjà dit, Seigneur, d'une voix puissante, et en parlant aux oreilles de mon cœur, que vous êtes seul éternel et immortel [1], parce que vous ne changez jamais ni par aucune nouvelle forme, ni

1. Première lettre à Timothée, 6,16.

par aucun mouvement, et que votre volonté n'est jamais diverse en divers temps. Car une volonté qui ne serait pas toujours la même, ne serait pas immortelle. Cette vérité me paraît clairement en votre présence ; et je vous supplie qu'elle me paraisse toujours de plus en plus, et que sous l'ombre de vos ailes je demeure avec humilité dans la connaissance que vous m'en donnez. Vous m'avez dit encore, Seigneur, d'une voix puissante en parlant aux oreilles de mon cœur, que c'est vous qui avez créé toutes les natures et les substances qui ne sont pas ce que vous êtes, et qui ne laissent pas toutefois d'être ; et qu'il n'y a rien qui ne vous ait pour auteur que ce qui n'est point, et le mouvement de la volonté qui s'éloigne de vous qui êtes souverainement, pour se porter à ce qui est moins que vous, parce que ce mouvement est une défaillance et un péché : comme aussi que nul péché ne vous peut nuire, ni troubler l'ordre de votre empire, soit dans les premières, soit dans les dernières de vos créatures. Cette vérité me paraît clairement en votre présence ; et je vous prie qu'elle me paraisse toujours de plus en plus, et que sous l'ombre de vos ailes je demeure avec humilité dans la connaissance que vous m'en donnez.

Vous m'avez dit encore, Seigneur, d'une voix puissante en parlant aux oreilles de mon cœur, que même cette créature ne vous est pas coéternelle, laquelle n'a point d'autre volonté que la vôtre, et qui se remplissant sans cesse de vous dans cette union chaste et permanente qui l'attache à votre éternité, ne ressent en aucun temps ni en aucun lieu les changements auxquels sa nature la rend sujette ; mais jouissant toujours de votre présence qui est l'unique objet de son amour et de toutes ses affections, sans avoir d'avenir qu'elle doive attendre, ni de passé dont il ne lui reste plus que le souvenir, ne souffre jamais aucune altération, et ne ressent rien de la vicissitude des temps. Ô combien est heureuse cette créature (s'il y en a une qui soit telle) en s'attachant ainsi à votre immuable félicité ! Ô combien est-elle heureuse de vous avoir toujours pour son Roi qui habite éternellement en elle, et pour son soleil qui l'illumine sans cesse [1] ! Je ne vois rien qui à mon avis doive plutôt être appelé le ciel du ciel appartenant au Seigneur que des créatures semblables à celles-là, qui sont le temple de votre gloire, et qui jouissent de vos délices sans aucune défaillance qui les fasse jamais pencher vers un autre objet. Voilà, dis-je, ce qu'on peut nommer le ciel du ciel, ces pures intelligences que le lien d'une paix divine rassemble dans une unité parfaite, comme étant les citoyens de votre ville sainte qui est dans les cieux, ou plutôt qui est élevée au-dessus de tous les cieux. C'est de là que notre âme

1. Augustin se souvient ici de la vision radieuse de la Jérusalem céleste, au chapitre 21 de l'Apocalypse.

doit comprendre combien l'exil malheureux où son péché l'a fait reléguer la tient éloignée de sa véritable patrie : et elle le comprend assez si elle commence déjà à ressentir cette soif ardente qui fait soupirer vers vous ; si les larmes sont devenues son pain ordinaire, lorsqu'on lui demande à toute heure : « Où est ton Dieu ? [1] » et si elle ne recherche et ne demande autre chose sinon de demeurer en votre maison durant tous les jours de sa vie. Or qui est sa vie sinon vous ? Et ainsi qui sont les jours de sa vie sinon les vôtres, c'est-à-dire votre éternité, puisque vous n'avez point d'années qu'éternelles et qui ne passent jamais, parce que vous êtes toujours le même ?

Que l'âme donc qui en est capable, juge par là de quelle sorte votre éternité s'étend infiniment au-delà de tous les temps, puisque votre maison, c'est-à-dire cette nature intelligente qui ne s'est point éloignée de vous, quoiqu'elle ne vous soit pas coéternelle, n'est sujette à aucun des changements qu'apportent les temps, parce qu'elle n'a cessé et ne cessera jamais de s'unir à vous avec une fidélité et une constance inviolables. Cette vérité me paraît clairement en votre présence ; et je vous prie qu'elle me paraisse toujours de plus en plus, et que sous l'ombre de vos ailes je demeure avec humilité dans la connaissance que vous m'en donnez.

1. Psaume 42,4 et 11.

J'aperçois d'une autre part je ne sais quoi d'informe en ces changements qui arrivent dans les choses viles et basses. Mais qui oserait me dire, à moins que de s'égarer dans les pensées vaines et chimériques de son esprit, que s'il n'y avait plus aucune espèce ni aucune forme, et qu'il ne demeurât que cette seule matière tout informe et toute nue qui sert de sujet aux changements des choses corporelles, lorsqu'elles passent d'une forme à une autre, elle peut faire les vicissitudes des temps ? Non certes, elle ne les pourrait faire, parce qu'il n'y a point de temps où il n'y a point de variété de mouvements ; et il n'y a point de variété de mouvements où il n'y a aucune forme selon laquelle cette variété se puisse faire.

## CHAPITRE XII

*Des créatures qui sont sujettes au temps ; et de celles qui n'y sont point assujetties.*

Après avoir considéré toutes ces choses autant que vous m'en avez fait la grâce, autant que vous m'avez porté à vous en demander l'intelligence, et autant qu'il vous a plu de me l'accorder lorsque je vous l'ai demandée, je trouve deux choses que vous n'avez point assujetties au temps, quoiqu'elles ne vous soient pas coéternelles ; l'une si excellente et si belle, qu'encore que de sa nature elle pût changer, elle ne change pas néanmoins ; mais sans cesser jamais de vous contempler, et sans éprouver un seul moment d'altération elle jouit de votre éternité immuable ; et l'autre si basse et si informe, que ne pouvant en aucune sorte changer d'une forme en une autre pour passer du repos au mouvement, ou du mouvement au repos, elle ne peut aussi être assujettie au temps. Mais, mon Dieu, vous ne l'avez pas laissée en cet état, puisque ayant créé dès le commencement et avant qu'il y eût aucun jour, ce ciel et cette terre dont j'ai parlé, vous avez ensuite donné une forme à ce qui n'en avait point.

Car l'Écriture voulant instruire peu à peu et par degrés ceux qui ne sauraient comprendre qu'une chose puisse être privée de toute sorte de forme sans être néanmoins réduite au néant, dit que la terre était invisible et déserte, et que les ténèbres étaient répandues sur la face de l'abîme, afin de marquer sous ces voiles cette matière informe dont Dieu se devait servir pour former un autre ciel, une terre visible parfaitement bien ornée, des eaux belles et agréables, et tout le reste que nous apprenons avoir été fait ensuite dans la construction merveilleuse de tout ce grand univers, non plus avant les jours, mais en divers jours, parce que toutes ces choses sont telles qu'elles sont sujettes à la vicissitude des temps à cause des changements ordinaires et si réglés de leurs mouvements et de leur nature.

## CHAPITRE XIII

### *Des créatures spirituelles ; et de la matière informe.*

Lorsque j'entends, mon Dieu, votre Écriture qui dit : Dieu créa au commencement le ciel et la terre ; or la terre était invisible et informe, et les ténèbres étaient répandues sur la face de l'abîme ; et que je ne vois point qu'il soit dit en quel jour vous les avez créés, cela me fait croire que par ce ciel vous avez voulu marquer le ciel du ciel, le ciel intelligible qui sont les Esprits bienheureux, dont la connaissance consiste à voir les choses tout d'une vue, et non pas en partie ni en énigme, ou comme dans un miroir, mais d'une manière toute parfaite, par cette claire vision dans laquelle ils vous voient face à face, qui n'étant point tantôt d'une sorte et tantôt d'une autre, mais toujours la même, n'est point sujette à la vicissitude des temps. Et cette terre invisible et informe n'y peut être sujette aussi, puisqu'il faudrait pour cela qu'elle fût tantôt d'une manière et tantôt d'une autre ; au lieu que n'ayant nulle forme, elle ne peut être ni d'une manière ni d'une autre. Je pense donc que c'est à cause de ces deux choses, dont l'une a été formée d'abord et ornée d'une merveilleuse beauté, et l'autre était sans aucune forme et sans aucun ornement, que votre Écriture, sans parler d'aucun jour, dit que Dieu créa au commencement le ciel et la terre. Car elle ajoute aussitôt de quelle terre elle entend parler. Et ce qu'elle dit ensuite, qu'au second jour le firmament fut créé et appelé ciel, fait assez connaître quel est cet autre ciel dont elle avait déjà parlé, sans marquer le jour auquel il eût été fait.

## CHAPITRE XIV

### *De la profondeur des saintes Écritures.*

Que la profondeur de vos Écritures est admirable ! Leur surface, comme pour nous attirer à les lire, se présente agréablement à nous, qui ne sommes que des enfants en ce qui regarde leur intelligence ; mais leur profondeur, mon Dieu, est tout à fait merveilleuse. Je ne saurais la considérer qu'avec effroi ; mais un effroi de respect, et un tremblement d'amour. J'ai une haine violente contre ses ennemis. Ô si vous vouliez, afin qu'ils ne le fussent plus, les tuer par votre épée à double tranchant, que je prendrais grand plaisir de les voir en cette sorte mourir à eux-mêmes pour vivre à vous ! Il y en a d'autres qui ne blâmant pas, mais faisant au contraire profession de révérer les livres de Moïse me diront seulement, que l'esprit de Dieu qui a fait écrire ces choses par Moïse son serviteur, n'a pas voulu que l'on entendît ces paroles selon que je les entends, mais selon qu'eux les entendent. Sur quoi voici la réponse que je leur fais : et vous, Seigneur, qui êtes le Dieu de nous tous, serez, s'il vous plaît, le Juge de ce différend.

## CHAPITRE XV

### *Diverses vérités qu'on doit supposer comme constantes dans les sens différents qu'on peut donner aux premières paroles de la Genèse.*

Accuserez-vous de fausseté ce que la vérité même en parlant aux oreilles de mon cœur, m'a dit d'une voix si puissante touchant la véritable éternité du

Créateur, en m'apprenant que sa substance ne change point par le temps, et que sa volonté n'est point séparée de sa substance ; ce qui fait qu'il ne veut point tantôt ceci, et tantôt cela ; mais que tout ce qu'il veut, il le veut une seule fois, tout à la fois, et toujours ; non pas à diverses reprises, tantôt une chose, et tantôt une autre : de sorte qu'il n'arrive jamais qu'il veuille ce qu'il n'a pas voulu, ou qu'il ne veuille plus ce qu'il voulait auparavant, parce qu'une telle volonté serait changeante, et que tout ce qui est changeant n'est pas éternel : or notre Dieu est éternel. Comme aussi ce qui m'a été dit aux oreilles de mon cœur, que l'attente des choses à venir se change en une vue présente lorsqu'elles sont arrivées ; et que cette vue se change en mémoire lorsqu'elles sont passées ; or, toute connaissance sujette à changement est muable, et tout ce qui est muable n'est pas éternel ; mais notre Dieu est éternel. C'est pourquoi toutes ces vérités jointes ensemble m'apprennent que mon Dieu, le Dieu éternel, n'a pas produit ses créatures par une nouvelle volonté, et que sa connaissance n'a rien qui soit sujet à la loi du temps.

Que direz-vous à cela, vous qui combattez le sens que j'ai donné aux paroles de l'Écriture ? Ces choses sont-elles fausses ? Non, disent-ils. Quoi donc ? N'est-il pas vrai que toutes les natures, soit qu'elles aient déjà leur forme et leur beauté, soit qu'elles ne soient encore qu'une matière capable de la recevoir, ne tiennent leur être que de celui qui est souverainement bon, parce qu'il est le souverain être ? Nous ne nions pas aussi cela, répondent-ils. Quoi donc ? voulez-vous nier qu'il y ait quelque créature si élevée et si unie par un chaste amour au vrai Dieu, et au Dieu véritablement éternel, qu'encore qu'elle ne lui soit pas coéternelle, elle ne se sépare et ne se retire jamais de lui pour tomber dans les changements des temps, mais se repose toujours dans l'heureuse et parfaite contemplation de sa seule nature divine ? Car vous aimant, Seigneur, autant que vous le commandez, vous vous montrez à elle, et vous remplissez ses désirs d'une telle sorte qu'elle ne se détourne jamais de vous, non pas même pour se tourner vers soi-même. C'est là la maison du Seigneur, qui n'est ni terrestre ni céleste, c'est-à-dire de la nature de ces cieux visibles et corporels ; mais qui étant toute spirituelle, et participant à votre éternité demeurera à jamais sans le moindre déchet et la moindre défaillance. Vous l'avez établie pour tous les siècles des siècles : vous avez ordonné qu'elle fût ainsi, et rien ne peut abolir votre ordonnance. Elle ne vous est pas néanmoins coéternelle, mon Dieu, parce qu'elle n'est pas sans commencement, puisqu'elle a été créée. Il est vrai néanmoins que nous ne trouvons point de temps qui la précède, selon ce qui est dit dans votre Écriture, que la sagesse a été créée avant toutes choses[1]. Je ne dis pas, mon Dieu, cette sagesse qui vous a pour père, qui vous est entièrement égale et coéternelle, par laquelle toutes choses ont été créées, et qui est le principe par lequel vous avez fait le ciel et la terre ; mais je parle de cette sagesse créée qui est une nature intelligente, et qui par la contemplation de votre lumière est toute lumière : car elle porte aussi le nom de sagesse, encore qu'elle soit créée. Mais autant qu'il y a de différence entre la lumière qui illumine et celle qui est illuminée, il y en a autant entre cette sagesse qui crée et celle qui est créée : de même que la justice qui justifie est bien différente de celle qui est un effet de la justification ; car nous sommes aussi nommés votre justice, puisqu'un de vos serviteurs dit que Christ s'est fait péché pour nous, afin qu'en lui nous devinssions la justice de Dieu[2]. Il y a donc une sagesse qui a été créée avant toutes choses, savoir ces esprits et ces intelligences célestes qui composent votre ville sainte, cette ville qui est notre mère selon votre Apôtre[3], qui est la femme libre dont nous sommes les enfants, et qui est éternelle dans les cieux. Mais dans quels cieux, sinon dans ces cieux

1. Livre de l'Ecclésiastique, 1,4.
2. Deuxième lettre aux Corinthiens, 5,21.
3. Lettre aux Galates, 4,26 et Deuxième lettre aux Corinthiens, 5,1.

des cieux qui vous louent, dans ce ciel du ciel qui appartient au Seigneur ?

Mais encore que nous ne trouvions point de temps qui précède cette sagesse, puisque étant la première de toutes les créatures elle précède la naissance du temps, l'éternité du Créateur ne laisse pas de la précéder, parce que c'est de lui qu'elle a tiré son origine, quoique ce n'ait pas été dans le temps, puisque le temps n'était pas encore. C'est pourquoi elle procède tellement de vous, mon Dieu, qu'elle est néanmoins entièrement différente de vous, et non pas vous-même : car encore que nous ne trouvions aucun temps, ni avant elle ni en elle, parce qu'elle est en état de contempler toujours votre face, et qu'elle n'en détourne jamais ses regards, ce qui la rend exempte de tout changement, sa nature toutefois en est capable, et ainsi elle pourrait s'obscurcir et se refroidir, si la grandeur de son amour ne l'unissait si étroitement à vous, qu'en étant sans cesse éclairée, et sans cesse embrasée comme dans un plein midi, il ne se peut faire qu'elle ne luise et qu'elle ne brûle toujours.

Ô admirable maison ! ô palais étincelant de lumière ! que j'ai d'amour pour vos incomparables beautés, pour ce bienheureux séjour où réside la gloire de mon Dieu, qui est tout ensemble l'ouvrier qui vous a bâti, et le Roi qui vous habite. Je soupire continuellement après vous dans mon pèlerinage sur la terre. Je dis à celui qui vous a formé qu'il me veuille aussi posséder en vous, puisqu'il m'a fait aussi bien que vous. J'avoue que je me suis égaré comme une brebis perdue : mais j'espère que mon Pasteur, qui est celui-là même qui vous a créé, me reportera sur ses épaules dans votre éternelle demeure.

Que dites-vous maintenant, ô vous à qui je parlais ; qui combattez l'intelligence que je donne aux paroles de Moïse, et qui croyez néanmoins qu'il a été un fidèle serviteur de Dieu, et que ses livres sont les oracles du Saint-Esprit ? Cette ville sainte composée des Esprits bienheureux n'est-elle pas la maison de Dieu ? Je ne dis pas coéternelle à sa divinité, mais éternelle dans les cieux autant qu'elle est capable de l'être ; et ne serait-ce pas en vain que vous chercheriez en elle les changements que le temps apporte, puisqu'il est impossible de les y trouver, ce qui a pour félicité une union stable et permanente avec Dieu, étant au-delà de l'étendue et de la durée des siècles, qui coulent sans cesse ? « Elle l'est », répondent-ils. Qu'est-ce donc que vous voulez accuser de fausseté de toutes les choses que mon âme a dites, en s'écriant vers mon Dieu, au même temps qu'elle entendait au-dedans de soi une voix intérieure qui lui racontait ses louanges ? Est-ce que j'ai dit, que la matière première était informe ; qu'où il n'y avait point de forme il n'y avait aucun ordre ; qu'où il n'y avait aucun ordre il n'y avait aucune révolution de temps ; et que toutefois cette matière qui n'était presque qu'un néant, en tant qu'elle n'était pas tout à fait un néant ne pouvait être que par celui dont tout ce qui est tire son être, quel que soit l'être qu'il puisse avoir ? « Nous ne nions pas cela non plus que le reste », répondent-ils.

## CHAPITRE XVI

### *Contre ceux qui contestent les vérités claires.*

Je veux donc, mon Dieu, entrer en discours en votre présence avec ceux qui demeurent d'accord que toutes ces choses que votre éternité m'apprend dans le fond de mon âme sont véritables. Car quant à ceux qui les nient, qu'ils crient tant qu'ils voudront, et qu'ils s'étourdissent eux-mêmes, je tâcherai de leur persuader de demeurer en repos, et de donner entrée dans leur esprit à votre sainte parole : et s'ils le refusent et méprisent ce que je leur dis, je vous conjure, mon Dieu, de ne vous taire pas en moi. Parlez dans mon cœur, et faites-y entendre votre vérité : car il n'appartient qu'à vous de parler en cette sorte ; et quant à eux, je les laisserai au-dehors souffler sur la terre, et élever la poussière qui leur aveugle les yeux, tandis que je me retirerai dans le plus secret de mon âme, pour y chanter des Cantiques d'amour dans la passion violente qui me fait soupirer après vos beautés immortelles ; pour y déplorer avec des gémissements ineffables la misère de mon pèlerinage en ce monde ; pour y élever mon cœur en haut vers la Jérusalem céleste ; pour y avoir continuellement présente à mon esprit cette Jérusalem ma chère patrie, cette Jérusalem ma chère mère, et vous qui êtes son roi, son soleil, son père, son protecteur, son époux, ses chastes et immuables délices, sa parfaite joie, son bonheur inconcevable, et enfin qui lui êtes toutes choses, parce que vous êtes le seul vrai et souverain bien. Et je ne cesserai jamais jusqu'à ce que vous rassembliez toutes les puissances de mon âme, qui est dissipée par la variété de tant d'objets, et que ses langueurs ont réduite à un état si difforme, pour la faire rentrer dans la paix de cette chère mère qui possède les prémices de mon esprit, dont je tire toutes les lumières et toute la certitude de mes connaissances, et que vous, mon Dieu, de qui je tiens mon salut, la rendiez belle et inébranlable dans toute l'éternité.

Quant à ceux qui ne combattent pas ces vérités, et qui demeurent d'accord avec nous que ces livres saints écrits par votre serviteur Moïse doivent avoir parmi les hommes une autorité inviolable, mais qui trouvent à redire aux explications que j'ai données, écoutez je vous prie, Seigneur, ce que j'ai à leur dire, et soyez s'il vous plaît, l'arbitre entre nous pour juger si ce sont les pensées que j'ai eues en méditant votre parole qui sont déraisonnables, ou si c'est leur censure qui est injuste.

## CHAPITRE XVII

### *Que l'on peut entendre plusieurs choses par ces noms du ciel et de la terre.*

« Encore, disent-ils, que tout cela soit véritable, Moïse néanmoins n'entendait pas parler de ces deux choses, lorsque étant inspiré du Saint-Esprit il a dit que Dieu créa au commencement le ciel et la terre : il n'a pas entendu par ce nom du ciel cette créature spirituelle et intelligente qui jouit incessamment de la vue de Dieu, ni par le nom de terre cette matière sans forme. — Et qu'a-t-il donc entendu ? — Ce que nous disons, répondent-ils. — Et quoi ? leur demandé-je. — Par le nom du ciel et de la terre, repartent-ils, Moïse a voulu premièrement marquer en général et en peu de mots tout ce monde visible, afin de distinguer ensuite en particulier selon le nombre des jours dont il parle toutes les choses qu'il a plu au Saint-Esprit de comprendre généralement sous les noms du ciel et de la terre. Car le peuple juif était si grossier et si charnel, que Moïse ne jugeait pas à propos de leur parler d'autres ouvrages de Dieu que de ceux qui sont visibles et corporels. »

Mais ils avouent que par cette terre invisible et sans ordre, et par cet abîme couvert de ténèbres, dont ensuite toutes les choses que nous voyons et qui sont connues à tous les hommes ont été faites durant les six jours, on peut entendre avec raison cette matière informe dont j'ai parlé.

Que si d'autres disent que cette même confusion d'une matière informe a été premièrement appelée du nom du ciel et de la terre, parce que ç'a été d'elle qu'a été formé ce monde visible avec toutes les natures qui s'y font voir si clairement à nos yeux, et que l'on appelle d'ordinaire du nom du ciel et de la terre. Que si quelques autres disent encore qu'on peut avec assez d'apparence appeler du nom du ciel et de la terre tous les êtres tant invisibles que visibles : et qu'ainsi toutes les créatures que Dieu a faites par sa sagesse, qui est le principe de toutes choses, sont comprises sous ces deux noms ; mais que parce qu'étant faites de rien et non pas de la propre substance de Dieu, puisqu'elles ne sont pas une même chose que lui, elles sont toutes naturellement muables et sujettes au changement, aussi bien celles qui ne changent point, comme sont ces bienheureuses intelligences que Dieu a choisies pour son éternelle maison, que celles qui changent, comme est le corps et l'âme de l'homme, la matière encore informe, mais capable de recevoir diverses formes, dont devaient être formés le ciel et la terre, c'est-à-dire cette double créature, l'une invisible et l'autre visible, a été appelée une terre invisible et sans ordre, et un abîme sur lequel les ténèbres étaient répandues, avec cette distinction, que ce mot de terre invisible et sans ordre marque particulièrement la matière corporelle avant qu'elle eût reçu aucune forme, et celui d'abîme sur lequel les ténèbres étaient répandues, la matière spirituelle avant que votre sagesse l'eût illuminée, et eût arrêté le cours de cette inconstance qui lui était naturelle.

Et enfin quelques autres pourront encore dire, que lorsque nous lisons dans la Genèse, Dieu créa au commencement le ciel et la terre, l'Écriture n'entend point par ces mots ces natures invisibles et visibles en tant que déjà formées, et selon qu'elles ont reçu la perfection de leur être, mais qu'elle a nommé ainsi cette matière informe qui n'était que comme un commencement des ouvrages que Dieu voulait faire, parce qu'ils en pouvaient être tirés et formés, et que ces deux créatures, l'une spirituelle et l'autre corporelle, qui étant maintenant disposées avec un ordre admirable portent le nom de ciel et de la terre, étaient dès lors dans elle, quoique très confusément et sans être distinguées ni par les qualités ni par les formes qui les rendent maintenant si belles et si agréables.

## CHAPITRE XVIII

### *Qu'on peut sans faillir entendre en diverses manières l'Écriture sainte.*

Voilà ce qu'on peut dire sur ce sujet. Mais après avoir entendu et considéré toutes ces choses, je me garderai bien d'entrer en des contestations de paroles qui ne servent, selon votre Apôtre [1], qu'à troubler ceux qui nous écoutent, au lieu que votre loi édifie ceux qui en savent faire bon usage, parce qu'elle a pour fin la charité qui naît d'un cœur pur, d'une bonne conscience, et d'une foi sincère et véritable. Et notre divin Maître sait quels sont les commandements dans lesquels il a renfermé toute la loi et tous les Prophètes. C'est pourquoi, mon Dieu qui êtes la lumière des yeux de mon âme, tant que je serai dans ces pensées qui nourrissent dans mon cœur le feu de votre amour, que m'importe-t-il que par ces paroles

1. Deuxième lettre à Timothée, 2,14 ; Première lettre à Timothée, 1,8.

l'on puisse entendre diverses choses, pourvu qu'elles soient toutes véritables ? Que m'importe-t-il si ma pensée est différente de celle qu'un autre croit que Moïse a eue en les écrivant ? Il est vrai que nous nous efforçons quand nous lisons quelque livre de trouver ce qu'a voulu dire celui qui en est l'auteur, et lorsque nous le croyons véritable nous n'oserions pas nous imaginer qu'il ait rien dit de ce que nous connaissons ou estimons être faux : mais quoique chacun tâche de trouver dans l'Écriture sainte le même sens, que celui qui l'a écrite a voulu exprimer en l'écrivant, quel mal y a-t-il si quelqu'un l'entend en un sens que vous qui êtes la lumière de tous les esprits clairvoyants et instruits de la vérité lui faites voir être véritable, quoique ce ne soit pas celui de l'auteur, qui n'ayant pu aussi en avoir que de véritable n'a pas eu dessein néanmoins de marquer celui-là par ses paroles ?

## CHAPITRE XIX

### *Vérités claires et indubitables sur ce sujet.*

Car il est vrai, mon Dieu, que vous avez créé le ciel et la terre. Il est vrai que votre sagesse a été le principe par lequel vous avez fait toutes choses. Il est vrai que ce monde visible a pour ses deux grandes parties le ciel et la terre ; et qu'ainsi toutes les natures créées peuvent être renfermées en abrégé sous ces deux mots. Il est vrai que tout ce qui est muable peut être considéré comme informe et comme imparfait, ou à cause de la forme d'où il tire sa perfection et sa beauté, ou à cause des changements et des altérations qu'il souffre. Il est vrai que ce qui est uni de telle sorte à un être immuable qu'il ne change point, quoiqu'il soit muable de sa nature, n'est point sujet aux révolutions des temps. Il est vrai que ce qui est informe et qui se peut dire n'être presque rien, ne peut aussi y être sujet. Il est vrai qu'une chose dont une autre est faite, peut en une certaine manière de parler porter par avance le nom de la chose qui en est faite, et qu'ainsi cette matière informe dont le ciel et la terre ont été formés a pu être appelée du nom du ciel et de la terre. Il est vrai que de toutes les choses qui ont quelque forme il n'y en a nulles qui approchent tant de ce qui est informe que la terre et que l'abîme. Il est vrai que c'est vous, mon Dieu, duquel procèdent toutes choses, qui avez fait non seulement tout ce qui est créé et formé, mais aussi tout ce qui peut être créé et formé. Et enfin il est vrai que tout ce qui a été formé d'une matière informe, a premièrement été informe, et depuis a été formé.

## CHAPITRE XX

### *Diverses explications de ces premières paroles du livre de la Genèse : Dieu créa au commencement le ciel et la terre.*

De toutes ces vérités, qui ne sont mises en doute par aucun de ceux à qui vous avez fait la grâce d'ouvrir les yeux de l'âme pour les connaître, comme ils croient tous fermement que Moïse votre serviteur n'a rien dit que dans un esprit de vérité, l'un en choisit une, et dit que Dieu créa au commencement le ciel et la terre, c'est-à-dire que Dieu, par son Verbe qui lui est coéternel, fit des créatures intelligibles ou spirituelles, et d'autres sensibles ou corporelles. Un autre en choisit une autre, et dit que Dieu créa au commencement le ciel et la terre, c'est-à-dire, que Dieu, par son Verbe qui lui est coéternel, fit toute la grande masse de ce monde corporel, et toutes les diverses créatures et les divers êtres qu'il contient, et dont nous avons connaissance.

Un autre en choisit une autre, et dit que Dieu créa au commencement le ciel et la terre, c'est-à-dire que

Dieu, par son Verbe qui lui est coéternel, fit la matière informe des créatures spirituelles et corporelles. Un autre en choisit une autre, et dit que Dieu créa au commencement le ciel et la terre, c'est-à-dire que Dieu par son Verbe qui lui est coéternel, créa la matière informe des créatures corporelles, dans laquelle étaient alors confusément le ciel et la terre, qui ont depuis reçu la forme et la distinction que nous voyons dans cette grande machine de l'univers. Un autre en choisit une autre, et dit que Dieu créa au commencement le ciel et la terre, c'est-à-dire que Dieu dans le commencement de ses ouvrages fit une matière informe qui contenait confusément le ciel et la terre, lesquels en ayant été tirés et formés, paraissent maintenant à nos yeux avec toutes les choses qu'ils enferment.

## CHAPITRE XXI

### *Que l'on peut aussi entendre diversement ces paroles de la Genèse : Or la terre était alors invisible, sans ordre et sans forme.*

De même pour ce qui regarde l'intelligence des paroles qui suivent, entre plusieurs de ces vérités dont j'ai parlé, l'un en choisit une, et dit que la terre était invisible et sans ordre, et que les ténèbres étaient répandues sur la face de l'abîme, c'est-à-dire, que cette masse corporelle que Dieu avait faite était la matière de toutes les choses corporelles, mais qui n'avait encore aucun ordre, aucune forme, ni aucune lumière. Un autre en choisit une autre, et dit que la terre était invisible et informe, et que les ténèbres étaient répandues sur la face de l'abîme, c'est-à-dire que ce tout qu'on appelle maintenant le ciel et la terre n'était encore qu'une matière informe et ténébreuse dont devaient être faits ce ciel corporel et cette terre corporelle avec toutes les choses qu'ils contiennent, et que nos sens corporels connaissent. Un autre en choisit une autre, et dit que la terre était invisible et informe, et que les ténèbres étaient répandues sur la face de l'abîme, c'est-à-dire que ce tout qu'on a nommé le ciel et la terre était encore une matière informe et ténébreuse, dont devaient être faits le ciel intelligible que l'on nomme autrement le ciel, et la terre, c'est-à-dire tout ce qui a un être et une autre nature corporelle, sous lequel nom est aussi compris le ciel corporel : et qu'ainsi les créatures tant invisibles que visibles, devaient toutes être formées de cette matière informe et ténébreuse.

Un autre en choisit une autre, et dit que l'Écriture n'a point entendu la matière informe par les noms du ciel et de la terre ; mais qu'après avoir dit que Dieu créa au commencement le ciel et la terre, c'est-à-dire les créatures spirituelles et corporelles, elle a voulu marquer ensuite la matière informe dont Dieu les avait faites par ces mots de terre invisible et sans ordre, et d'abîme ténébreux. Un autre enfin en choisit une autre, et dit que par ces paroles : « or la terre était invisible et informe, et les ténèbres étaient répandues sur la face de l'abîme », l'Écriture a voulu marquer qu'il y avait déjà une matière informe, dont le ciel et cette terre, qu'elle avait dit auparavant avoir été créés de Dieu, ont été formés, c'est-à-dire toute cette grande masse corporelle du monde divisée en deux parties, la supérieure et l'inférieure, avec toutes les créatures qu'elles contiennent.

## CHAPITRE XXII

### *Qu'il peut y avoir eu des choses qui ont été créées de Dieu, quoique l'Écriture ne parle point de leur création dans la Genèse.*

Que si quelqu'un oppose à ces deux dernières opinions, que si l'on ne doit pas entendre cette matière informe par le nom du ciel et de la terre, il y aura donc quelque chose que Dieu n'aura pas fait, et dont il se sera servi pour faire le ciel et la terre, puisque l'Écriture ne nous rapporte point que Dieu ait fait cette matière, si ce n'est qu'elle soit marquée par les noms du ciel et de la terre, ou par le seul nom de terre lorsqu'il est dit que Dieu créa au commencement le ciel et la terre : et ainsi quand le Saint-Esprit aurait voulu entendre la matière informe par ces mots de terre invisible et sans forme, nous serions toujours obligés d'entendre par cette terre celle que l'Écriture nous apprend avoir été créée de Dieu, lorsqu'elle nous dit que Dieu créa au commencement le ciel et la terre.

Ceux qui voudront soutenir ces deux dernières opinions, ou l'une d'elles, pourront répondre à cela : « Nous ne nions pas que cette matière informe n'ait été faite de Dieu unique auteur de toutes les créatures, qui considérées toutes ensemble composent un tout excellemment bon. Car comme nous disons que ce qui a déjà reçu son être et sa forme est un plus grand bien, nous avouons aussi que ce qui est seulement capable de recevoir cet être et cette forme, est un bien, quoique ce soit un moindre bien. Et quant à ce que l'Écriture ne dit point que Dieu ait fait cette matière informe dont il s'agit, elle ne dit pas non plus qu'il ait fait plusieurs autres choses, comme les Chérubins, les Séraphins, et ces autres esprits célestes, les Trônes, les Dominations et les Puissances, dont l'Apôtre parle distinctement [1], encore qu'il soit manifeste et indubitable que Dieu les a tous créés.

« Que si dans ces paroles : Dieu fit le ciel et la terre, on veut que toutes choses soient comprises, que dirons-nous donc des eaux sur lesquelles l'Esprit de Dieu était porté ? Car si l'on prétend qu'elles soient comprises sous le nom de terre, comment peut-on donc entendre par ce nom de terre une matière sans forme, puisque nous voyons reluire tant de beauté dans les eaux ? Et si on l'entend de cette sorte, pourquoi donc est-il écrit que le firmament a été formé de cette même matière informe et nommé ciel, et qu'il n'est pas écrit que les eaux en aient été formées, quoiqu'elles ne soient plus informes et invisibles, puisque nous les voyons couler avec une beauté si admirable ? Que si elles ont reçu cette beauté lorsque Dieu dit : "Que les eaux qui sont sous le firmament soient assemblées en un même lieu [2]", et qu'en les assemblant il les ait formées, que dirons-nous des eaux qui sont au-dessus du firmament, puisqu'elles n'auraient pas mérité de recevoir une place si honorable si elles eussent été encore informes, et que nous ne voyons point dans l'Écriture par quelle manière elles ont été formées ?

« Ainsi, comme il est visible que le livre de la

1. Lettre aux Colossiens, 1,16.
2. Livre de la Genèse, 1,9.

Genèse peut avoir omis que Dieu ait créé de certaines choses, dont on ne saurait douter toutefois à moins que de renoncer à la lumière de la foi, et à celle de la raison, que Dieu ne les ait créées ; et comme il serait ridicule de s'imaginer que ces eaux dont nous venons de parler soient coéternelles à Dieu, parce que l'Écriture nous apprend seulement qu'elles sont, sans nous dire quand elles ont commencé d'être : pourquoi par la même raison et par l'instruction que la vérité nous en donne, ne croirons-nous pas aussi que Dieu a créé de rien cette matière informe, que la même Écriture nomme une terre invisible et déserte et un abîme ténébreux ; et qu'ainsi elle ne lui est pas coéternelle, encore que la même Écriture ne rapporte point quand elle a été créée ? »

## CHAPITRE XXIII

*Deux diverses sortes de doutes*
*dans l'explication de l'Écriture :*
*l'un de la vérité des choses,*
*l'autre du sens des paroles.*

Après avoir ainsi examiné et considéré ces choses autant que ma faiblesse que vous connaissez, et que je vous confesse, mon Dieu, l'a pu permettre, il me semble qu'il peut naître deux sortes de difficultés lorsqu'une chose nous est rapportée par de fidèles interprètes de la vérité : l'une de la vérité des choses, et l'autre du sens auquel celui dont on considère les paroles a voulu qu'elles fussent prises. Car il y a beaucoup de différence entre s'informer de la vérité en ce qui regarde la nature des choses créées, et rechercher ce que Moïse l'un des plus grands de vos serviteurs a voulu qu'on entendît par ces paroles.

Quant à la première difficulté : que tous ceux-là se retirent loin de moi qui s'imaginent de savoir des choses qui sont entièrement fausses. Et quant à la seconde : que tous ceux-là se retirent aussi loin de moi qui s'imaginent que Moïse ait pu dire des choses fausses. Mais que je sois pour jamais, mon Dieu, uni en vous avec ceux qui se nourrissent de votre vérité dans l'étendue de la charité ; que je me réjouisse en vous avec eux ; et que nous considérions tous ensemble les paroles de vos saintes Écritures, pour chercher et pour apprendre dans les pensées de votre serviteur quelles ont été les vôtres, que sa plume nous a rapportées.

## CHAPITRE XXIV

### *Qu'il est difficile de déterminer entre plusieurs sens véritables quel est celui que Moïse a eu dans l'esprit.*

Mais qui est celui de nous qui entre tant d'interprétations véritables que l'on peut donner à ces paroles, selon ce qu'elles sont diversement entendues par ceux qui en recherchent l'intelligence, aura le bonheur de rencontrer de telle sorte la véritable pensée de Moïse, qu'il ose dire avec autant de hardiesse, que dans cette narration il a entendu et voulu faire entendre telle chose, comme il assure hardiment que l'interprétation qu'il lui donne est véritable, soit que Moïse l'ait eue dans l'esprit, ou qu'il ne l'y ait pas eue ?

Quant à moi, mon Dieu, qui suis du nombre de vos serviteurs, qui ai fait vœu de vous offrir comme un sacrifice ces Confessions que je vous fais par écrit, et qui vous conjure par votre miséricorde de me faire la grâce de pouvoir accomplir mon vœu, je suis bien éloigné de cette pensée ; et pouvant dire très assurément que vous avez fait généralement toutes choses, tant invisibles que visibles, par votre Verbe qui est immuable, je n'ai garde d'assurer de même, que Moïse n'a voulu entendre autre chose que cela, lorsqu'il a écrit que Dieu créa au commencement le ciel et la terre. Car au lieu que je vois très clairement dans la lumière de votre vérité que ce que je viens de dire est véritable, je ne puis pas de même voir dans l'esprit de Moïse si ç'a été sa pensée lorsqu'il a écrit ces paroles, puisqu'il a pu par ce mot de commencement et de principe n'entendre pas le Verbe, qui est le principe des créatures, mais simplement le commencement de la création ; et qu'il a pu aussi entendre par les noms du ciel et de la terre, non aucune nature parfaite et accomplie, soit spirituelle ou corporelle, mais l'une et l'autre encore imparfaites et informes. Je vois bien qu'en l'un ou en l'autre de ces deux sens il n'y a rien qui blesse la vérité ; mais je ne vois pas aussi clairement quel est celui que Moïse a plutôt eu dans l'esprit, encore que je sois très assuré, que quoi qu'un si grand personnage ait entendu par ces paroles, soit l'un de ces deux sens, soit quelque autre que je n'ai point marqué, ce qu'il a voulu dire ne peut être que très véritable, ni les termes dont il s'est servi que très propres à exprimer sa pensée.

## CHAPITRE XXV

*Contre ceux qui déterminent trop hardiment, qu'entre plusieurs sens qui ne contiennent rien que de véritable, c'est le leur, et non pas celui des autres qui est le vrai sens de l'Écriture.*

Que personne donc ne m'importune plus en me disant : « La pensée de Moïse n'a pas été celle que vous dites, mais celle que je dis. » Car s'il se contentait de me demander d'où je sais que le sens que je donne aux paroles de Moïse est son véritable sens, je n'aurais point sujet de m'en offenser, et je me servirais peut-être des mêmes réponses que j'ai faites ci-dessus, ou je m'étendrais même davantage s'il était plus difficile à satisfaire. Mais lorsqu'il soutient que c'est ce qu'il dit, et non pas ce que je dis, que Moïse a voulu entendre, quoiqu'il ne nie pas que ce que nous disons tous deux ne soit véritable : ô mon Dieu, qui êtes la vie des pauvres et des humbles, et dans le sein duquel il n'y a que paix et éloignement de toute contestation, versez de la douceur dans mon âme, afin que je supporte avec patience ceux qui me tiennent ce langage, et qui me parlent si hardiment, non parce qu'ils sont prophètes, et qu'ils ont lu dans l'esprit de votre serviteur ce qu'ils me disent, mais parce qu'ils sont superbes; non parce qu'ils connaissent les pensées de Moïse, mais parce qu'ils aiment les leurs; et qu'ils les aiment, non à cause qu'elles sont véritables, mais à cause simplement qu'elles viennent d'eux : car si cela n'était, ils aimeraient aussi les pensées des autres lorsqu'elles sont conformes à la vérité, comme j'aime ce qu'ils disent lorsqu'ils disent vrai, non à cause qu'ils le disent, mais à cause qu'il est vrai; et en cette qualité ils ne doivent plus se l'attribuer comme une chose qui leur soit propre. C'est pourquoi s'ils n'aiment leur opinion que parce qu'elle est véritable, ils la doivent considérer comme étant également à eux et à moi, puisqu'il n'y a rien de véritable qui ne soit commun à tous les amants de la vérité.

Lors donc qu'ils assurent que leur opinion et non pas la mienne est conforme aux sentiments de Moïse, cela me déplaît, et je ne le puis souffrir, parce qu'encore que cela fût, néanmoins la hardiesse avec laquelle ils le soutiennent, ne peut venir que de témérité et d'orgueil, et non pas de science et de lumière. C'est pourquoi, Seigneur, vos jugements sont terribles, et parce que la vérité n'est ni à moi, ni à celui-là, ni à cet autre, mais que vous nous appelez tous à haute voix pour la posséder également, vous nous avertissez avec menaces de ne prétendre pas de l'avoir chacun en particulier, si nous ne voulons en être privés. Car quiconque veut avoir en propre ce que Dieu propose à tous pour en jouir en commun, et s'attribuer en particulier ce qui est un bien général, perd le droit qu'il pouvait prétendre à ce bien commun, pour être réduit à n'avoir plus que ce qui lui est propre ; c'est-à-dire, que la vérité se retire de lui, et qu'il ne lui demeure que le mensonge ; puisque selon la parole de l'Évangile [1], celui qui parle avec mensonge, parle de soi-même.

Mon Dieu, qui êtes un juge infiniment juste et la vérité même, écoutez je vous prie la réponse que je fais à celui qui se plaît ainsi à contredire. Car c'est en votre présence que je parle, et en la présence de tous mes frères qui font un bon usage de votre loi en la rapportant à la charité comme à sa véritable fin : écoutez je vous prie ma réponse, et voyez si elle vous sera agréable. Voici donc ce que j'ai à lui dire avec une douceur fraternelle, et dans un esprit de paix.

Si nous demeurons tous deux d'accord que ce que vous dites est véritable, et que ce que je dis l'est aussi, dites-moi, je vous prie, où le voyons-nous ? Je ne le vois point sans doute dans vous, ni vous dans moi ; mais nous le voyons tous deux dans l'immuable

1. Évangile de saint Jean, 8,44.

vérité qui est au-dessus de nous. Puis donc que nous ne contestons point sur le sujet de cette lumière de notre Dieu qui luit clairement à nos âmes, pourquoi disputons-nous de ce qui peut être de la pensée d'un homme laquelle nous ne saurions voir de la même sorte que l'on voit cette vérité immuable, puisque quand Moïse aurait été de notre temps, et nous aurait dit quelle aurait été sa pensée, nous ne pourrions pas même la voir, mais nous ajouterions seulement foi à ses paroles ?

Souvenons-nous donc de l'avis que saint Paul[1] donne à ses disciples, de ne s'enfler point d'orgueil les uns contre les autres sur le sujet de ceux par le ministère desquels ils auraient été instruits de la vérité. Aimons le Seigneur notre Dieu de tout notre cœur, de toute notre âme, et de toute l'étendue de notre esprit, et notre prochain comme nous-mêmes, puisque toutes les pensées et les sentiments qu'a eus Moïse en écrivant ces saints livres, n'ont eu pour fin que ces deux commandements de l'amour, si ce n'est que nous voulions croire que Dieu soit menteur, en concevant une autre opinion de son ministère que celle qu'il nous en a lui-même donnée. Voyez donc, je vous supplie, si parmi ce grand nombre d'interprétations différentes et très véritables que l'on peut

1. Première lettre aux Corinthiens, 4,6. Augustin cite ensuite l'Évangile de saint Matthieu, 22,37-39.

donner à ses paroles, il n'y aurait pas de la folie à déterminer hardiment quelle a été celle de toutes selon laquelle Moïse les a entendues, et de blesser par des contestations dangereuses, cette même charité qui lui a fait dire toutes les choses que nous tâchons d'expliquer.

## CHAPITRE XXVI

### *Qu'il est digne de l'Écriture sainte d'enfermer sous les mêmes paroles plusieurs sens.*

Mon Dieu, qui m'élevez lorsque je suis dans l'humilité et dans la bassesse, et qui me soulagez lorsque je suis dans les travaux et dans les peines, qui daignez entendre mes Confessions, et me pardonnez mes offenses ; je sais que vous me commandez d'aimer mon prochain comme moi-même ; et qu'ainsi je ne dois pas moins croire que Moïse votre très fidèle serviteur eût reçu de vous une moindre grâce, que celle que j'eusse désiré moi-même de recevoir si j'étais né en même temps que lui, et que vous eussiez voulu vous servir de mon esprit et de ma plume pour écrire ces livres divins, qui devaient être si utiles à tous les peuples, et étouffer par ce comble d'autorité auquel vous les avez élevés, les fausses et les orgueilleuses doctrines des hommes.

Si j'avais donc été en la place de Moïse, comme cela aurait pu être si vous l'aviez voulu, mon Dieu, puisque nous avons tous été tirés d'une même masse, et que l'homme n'est rien qu'en tant qu'il vous plaît de vous souvenir de lui : si j'avais, dis-je, été en sa place, et que vous m'eussiez commandé d'écrire les livres de la Genèse, j'aurais désiré que vous m'eussiez donné une manière de m'exprimer si tempérée et si admirable, que ceux qui ne pourraient pas encore comprendre de quelle sorte Dieu a créé toutes choses, ne refusassent pas d'ajouter foi à mes paroles pour les trouver trop élevées et trop disproportionnées à la portée de leur esprit ; et que ceux qui le peuvent comprendre, quelque vérité qui leur vînt en l'esprit sur ce sujet, la trouvassent comprise dans ce peu de paroles de votre serviteur ; et si quelque autre en voyait une autre dans la lumière de la vérité immuable, il la trouvât de même marquée par ces mêmes paroles.

## CHAPITRE XXVII

### *Abondance de l'Écriture sainte dans les divers sens qu'elle renferme.*

Car de même qu'une source, quoique renfermée dans un fort petit espace, est plus abondante et fournit à plus de ruisseaux de quoi couler et s'étendre dans un long cours, qu'aucun de tous ces ruisseaux qui tirant d'elle son origine traverse tant de pays : ainsi le discours de vos Écrivains sacrés qui doit fournir à une infinité de personnes de quoi parler de la vérité, en contient en peu de mots des sources inépuisables, d'où chacun tire et exprime par des discours plus étendus ce qu'il y peut remarquer de vrai et de solide, l'un une chose, et l'autre une autre.

Il y en a qui lisant ces premières paroles de la Genèse touchant la création du monde, se représentent Dieu comme un homme, ou comme quelque grand corps d'une puissance infinie, qui par une nouvelle et soudaine résolution a produit hors de soi-même, c'est-à-dire selon leur imagination grossière dans des espaces éloignés de lui, deux vastes corps, le ciel et la terre, l'un supérieur et l'autre inférieur, dans lesquels toutes choses sont comprises. Et lorsqu'il est rapporté que Dieu a dit : que telle chose soit faite, et elle fut faite, ils s'imaginent qu'il a employé pour cela des paroles sensibles qui ont eu leur commencement et leur fin, dont le son a duré quelque temps et puis s'est passé ; et qu'aussitôt après qu'elles ont été prononcées, ce qu'elles commandaient qui fût produit a soudain été produit. C'est ainsi qu'ils entendent bassement les paroles mystérieuses de votre Écriture, ou en quelque autre manière qui ait du rapport à la façon ordinaire d'agir des hommes. Mais comme ils sont comme de petits enfants, et du nombre de ces personnes animales dont parle saint Paul [1], qui ne peuvent rien comprendre que de charnel et sensible, le Saint-Esprit par ces expressions si simples et si communes, auxquelles il a daigné se rabaisser dans vos Écritures, soutient leur faiblesse comme une bonne mère porte son enfant dans son sein : et cependant ils se fortifient heureusement dans cette créance salutaire, que Dieu seul est le créateur de toutes ces natures, dont l'admirable variété frappe leurs sens de toutes parts. Que s'il s'en rencontre quelqu'un qui méprisant ces paroles comme trop basses et trop populaires, ose par une faiblesse superbe sortir de ce saint berceau où il doit être nourri, hélas ! que sa chute sera grande ! Ayez-en pitié, mon Dieu, de peur que ce

1. Première lettre aux Corinthiens, 3,1-2.

petit oiseau qui n'a point encore de plumes ne soit foulé aux pieds des passants, et envoyez un de vos saints Anges pour le reporter dans son nid, afin qu'il vive et qu'il y demeure jusqu'à ce qu'il puisse voler.

## CHAPITRE XXVIII

### *Des divers sens que l'on peut donner à l'Écriture sainte.*

Quant aux autres pour qui ces paroles ne sont plus un nid, mais un jardin tout couvert d'arbres fruitiers, ils volent avec joie de branche en branche ; ils y aperçoivent des fruits cachés, ils chantent en les cherchant, et les cueillent avec plaisir. Car en lisant ou en entendant ces paroles, ils connaissent, mon Dieu, que votre éternelle stabilité est élevée au-dessus de tous les temps passés et futurs, quoiqu'il n'y ait aucune de toutes les créatures sujettes aux lois du temps que vous n'ayez créée.

Ils savent que votre volonté étant une même chose que vous, ce n'a point été en changeant de volonté, ni en prenant une résolution nouvelle, laquelle vous n'eussiez pas auparavant que vous avez créé le monde. Ils savent que vous l'avez créé, non pas en produisant de votre substance une ressemblance parfaite de vous-même, comme lorsque vous avez engendré la sagesse éternelle qui est votre image accomplie et la forme originale dont tous vos ouvrages empruntent ce qu'ils ont de beau, mais en tirant du néant une dissemblance informe capable d'être formée par cette même sagesse, qui vous représentant parfaitement, est le modèle divin selon lequel vous faites tout ce que vous faites. Ils savent qu'ayant ainsi imprimé dans chaque créature la forme particulière de son être, vous avez fait qu'elles vous ont toutes pour fin comme pour principe, et que chacune d'elles se rapporte à vous autant qu'elle en est capable selon sa nature : de sorte qu'elles composent toutes ensemble un tout excellemment bon, soit que les unes demeurent proches de vous dans une stabilité bienheureuse, soit que les autres s'en éloignant par degrés, et étant sujettes aux vicissitudes des temps et des lieux, servent par les changements qu'elles font ou qu'elles souffrent, à composer cette belle et agréable harmonie de l'univers. Ces personnes intelligentes voient toutes ces choses, et s'en réjouissent dans la lumière de votre vérité, laquelle seule les leur fait comprendre selon qu'ils en sont capables.

Ainsi l'un considérant ce qui est dit à l'entrée de la Genèse, du commencement ou du principe par lequel Dieu a fait les choses, jette les yeux sur la sagesse éternelle, comme sur le principe que le Saint-Esprit a voulu marquer par ce mot ; puisqu'elle-même s'est bien voulu donner ce nom, en disant aux Juifs dans l'Évangile : Je suis le principe qui vous parle[1]. Un autre en considérant ces mêmes paroles, entend par ce mot de commencement ou de principe, le commencement de toutes les choses créées, et prétend que ce que l'Écriture dit : « Dieu a fait au commencement le ciel et la terre », est la même chose que si elle eût dit : Dieu a fait premièrement le ciel et la terre. Mais entre ceux qui les entendent de votre sagesse éternelle, comme ayant été le principe par lequel vous avez fait le ciel et la terre, l'un croit que ces mots du ciel et de la terre marquent la matière informe dont le ciel et la terre ont été tirés ; l'autre, les natures mêmes toutes distinctes et toutes formées ; un autre, l'une formée, savoir la nature spirituelle marquée par le ciel, l'autre informe, savoir la matière corporelle marquée par la terre.

Et quant à ceux qui par ces noms du ciel et de la terre entendent une matière encore informe, dont le ciel et la terre devaient ensuite être formés, ils ne l'entendent pas tous d'une même sorte, mais les uns l'entendent de ce qui peut être informe dans les créatures tant spirituelles que corporelles, et les autres l'entendent seulement de cette matière, dont devait

1. Évangile de saint Jean, 8,25.

être formée toute cette grande masse corporelle de l'univers, qui dans sa vaste étendue comprend tous les êtres sensibles et qui s'offrent à nos yeux.

Mais ceux-là mêmes qui croient que ce sont des créatures déjà formées et ordonnées qui sont appelées du nom du ciel et de la terre, ne l'entendent pas d'une même sorte : car les uns comprennent sous ces deux noms les créatures invisibles et les visibles, et les autres les visibles seulement, c'est-à-dire ce ciel lumineux que nous voyons, et cette terre ténébreuse avec toutes les choses qu'ils contiennent.

## CHAPITRE XXIX

### *En combien de sortes une chose peut être avant l'autre.*

Mais celui qui prétend que ces paroles : « Dieu a fait au commencement le ciel et la terre », ne veulent dire autre chose sinon qu'il les a faits premièrement et avant toutes choses, ne peut entendre par ces mots du ciel et de la terre, sinon la matière dont le ciel et la terre, c'est-à-dire toutes les créatures tant spirituelles que corporelles ont été formées. Car s'il entendait les natures déjà formées et toutes accomplies, on lui pourrait demander : « Si c'est là ce que Dieu a fait premièrement, qu'est-ce donc qu'il a fait depuis ? » et ne trouvant point que Dieu ait rien créé depuis la création de l'univers, il ne saurait que répondre à celui qui le presserait d'expliquer comment l'on peut dire que Dieu a créé premièrement le ciel et la terre, puisqu'il n'a rien créé depuis.

Que s'il dit, que Dieu a créé premièrement la matière informe du ciel et de la terre, et qu'ensuite il a donné la forme à cette matière, il évitera cette absurdité : mais il faut aussi qu'il prenne garde à bien distinguer ce qui précède par l'éternité ; ce qui précède par le temps ; ce qui précède selon l'ordre de l'intention ; et ce qui précède selon l'origine. Par l'éternité, comme Dieu précède toutes choses ; par le temps, comme la fleur précède le fruit ; selon l'ordre de l'intention, comme le fruit précède la fleur ; et selon l'origine, comme le son précède le chant. Et de ces quatre façons, dont une chose en précède une autre, la seconde et la troisième sont très faciles à comprendre ; mais les deux autres très difficiles. Car, mon Dieu, combien est-il rare et difficile de voir et de contempler votre éternité, qui demeurant toujours immuable fait toutes les choses qui sont muables, et par conséquent les précède !

Et qui peut-on trouver aussi qui ait l'esprit si subtil et si pénétrant, qu'il comprenne sans une très grande difficulté de quelle manière le son précède le chant ? qui est que le chant n'étant autre chose qu'un son formé et harmonieux, il ne peut pas être sans le son, quoique le son puisse bien être sans le chant, parce qu'une chose peut être sans être formée, au lieu que ce qui n'est point du tout ne peut pas être formé. Ainsi la matière précède les choses qui en sont faites, non qu'elle agisse et qu'elle fasse les choses, puisque c'est plutôt elle sur laquelle on agit, et que l'on fait être ce qu'elle n'était pas ; non aussi qu'elle les précède dans l'ordre du temps, puisque nous ne commençons pas par des sons informes que nous réduisons après en chant, ainsi que l'on fait un coffre avec du bois, ou un vase avec de l'argent. Car ces sortes de matières précèdent sans doute selon le temps les formes des choses qui en sont faites ; mais il n'en est pas de même du chant dont on entend le son lorsqu'il est chanté, et qui pour être formé avec harmonie ne commence pas par se faire entendre imparfaitement. Car ce qui a présentement résonné passe, sans qu'il en reste rien qu'on puisse reprendre afin d'en former un chant : ce qui fait voir que ce chant consiste et est renfermé dans ce son, et que ce son est sa matière, puisque c'est le son même qui étant réglé et formé avec harmonie devient un chant. Ainsi comme je disais, cette matière qui est le son précède cette forme qui est le chant : mais elle ne la précède pas comme ferait une cause qui aurait la puissance de la produire, puisque ce n'est pas le son qui par son art produise le chant, mais que le son lui-même dépend de l'âme du Musicien qui le produit par les organes du corps afin d'en former le chant. On ne saurait dire aussi que le son précède le chant de quelque espace de temps, puisqu'ils se forment ensemble, ni qu'il le précède par le choix que nous en faisons, puisqu'il n'est pas plus excellent que le chant, lequel n'est pas seulement un son, mais un son agréable et harmonieux ; et ainsi il ne le peut précéder que d'origine, en ce qu'on ne forme point et qu'on ne règle point un chant pour le faire devenir son, mais qu'au contraire on forme et on règle un son pour le faire devenir chant.

Que ceux qui le pourront entendre, comprennent par cet exemple que la matière de toutes choses a été premièrement créée et appelée du nom de ciel et de terre, parce que le ciel et la terre en ont été faits, et que ce que l'on dit qu'elle a été premièrement créée n'est pas à l'égard du temps, puisqu'il n'y a point de temps en une chose informe, n'y ayant que les formes des choses qui fassent qu'il y ait des temps : et ainsi, pour ce qui est du temps, la matière dont le ciel et la terre ont été faits, n'a point précédé le ciel et la terre. Et néanmoins pour la faire comprendre, on en parle comme si elle les avait précédés par le temps même, quoique dans l'ordre de l'intention elle soit la dernière de tous les êtres, puisqu'il est sans doute que les choses qui sont formées sont beaucoup plus excellentes que les informes. Et enfin elle-même a été précédée par l'éternité du Créateur, qui l'a tirée du néant pour en former quelque chose.

## CHAPITRE XXX

### *Que ceux qui expliquent l'Écriture sainte le doivent faire en esprit de charité.*

Mon Dieu qui êtes la vérité même, accordez tant de diverses opinions toutes véritables, et faites-nous miséricorde, afin que nous puissions faire un bon usage de votre loi, en la rapportant à sa fin qui est une charité pure et sincère. Que si quelqu'un me demande laquelle de toutes ces opinions j'estime avoir été celle de Moïse votre fidèle serviteur, je ne serais pas aussi sincère que je le dois être dans ces Confessions que je fais en votre présence, si je n'avouais franchement que je n'en sais rien : mais je sais bien que toutes ces pensées selon lesquelles l'on peut diversement expliquer ces paroles de l'Écriture sont véritables, excepté celles des hommes grossiers et charnels dont j'ai parlé, qui ne conçoivent rien des choses divines que selon les images corporelles dont leur esprit est rempli ; quoique ceux-là mêmes qui sont comme des enfants dont on a sujet d'espérer qu'ils s'avanceront dans l'intelligence, trouvent cependant cet avantage dans vos Écritures saintes, qu'ils ne sont point effrayés par ces paroles qui expriment des choses si hautes et si merveilleuses en termes si bas et si simples, et comprennent tant de vérités en si peu de mots.

Mais quant à nous tous qui dans les divers sens que nous donnons à ces paroles n'en donnons que de véritables, que devons-nous faire si c'est la vérité même, après laquelle notre cœur soupire, et non pas la vanité de nos pensées, sinon de nous unir ensemble par les liens d'une charité sincère, de vous aimer de tout notre cœur, vous qui êtes la source même de la vérité, et de porter ce respect à votre serviteur qui étant rempli de votre Esprit-Saint nous a donné ces saints livres, que nous ne doutions point que lorsqu'il les a écrits il n'ait eu dans l'esprit, selon l'inspiration qu'il en a reçue de vous, les sens les plus divins et les plus recommandables, soit pour la lumière de la vérité, soit pour le fruit et l'utilité.

## CHAPITRE XXXI

### *Que l'on peut croire que Moïse a entendu tous les sens véritables qui se peuvent donner à ses paroles.*

Ainsi lorsque quelqu'un dit que sa pensée est celle que Moïse a eue dans l'esprit, et qu'un autre au contraire assure que non, mais que c'est la sienne, je me persuade que je suis en cela plus religieux qu'eux, si je leur demande pourquoi ils ne croient pas qu'il a eu l'une et l'autre dans l'esprit, si l'une et l'autre sont véritables. Et si l'on peut trouver à ces paroles un troisième sens, ou un quatrième, ou quelque autre que ce soit, qui soit conforme à la vérité, pourquoi ne croirons-nous pas qu'ils ont tous été vus par celui dont Dieu s'est servi pour écrire de telle sorte ces livres saints qu'ils fussent proportionnés à l'intelligence de tant de personnes, qui les devaient entendre en ces sens divers, et tous néanmoins véritables ?

Pour moi, je dis hardiment et du fond du cœur, que si j'écrivais quelque chose qui dût avoir une autorité suprême, j'aimerais mieux l'écrire en telle manière que toutes les vérités que l'on pourrait trouver touchant les choses dont j'écrirais, pussent être entendues par mes paroles, que d'y expliquer si clairement une seule pensée véritable, qu'il ne restât plus de lieu à toutes les autres dans lesquelles il n'y aurait rien de faux qui me pût blesser. Je ne veux donc pas, mon Dieu, être si hardi que de juger témérairement qu'un si grand saint n'eût pas reçu de vous cette faveur : il a sans doute entendu, et a eu dans l'esprit en écrivant ces paroles tout ce que nous avons pu y remarquer de véritable, comme aussi tout ce que nous n'avons pu ou ne pouvons encore y remarquer, et qui toutefois s'y peut remarquer.

## CHAPITRE XXXII

### *Que tous les sens véritables que l'on peut donner aux paroles de l'Écriture, ont été prévus par le Saint-Esprit.*

Enfin, Seigneur, qui n'êtes pas comme nous de chair et de sang, mais le vrai Dieu, quand l'esprit de l'homme n'aurait pas connu toutes les vérités qui sont comprises dans ces paroles, votre Esprit-Saint qui est celui qui me doit mener dans la terre des vivants, pouvait-il ignorer ce que vous aviez dessein de révéler un jour à ceux qui les devaient lire ; quoique celui qui les a écrites ne les ait peut-être entendues qu'en l'un de tant de sens véritables qu'elles peuvent recevoir ? Que s'il est ainsi, la pensée que Moïse a eue dans l'esprit, sera sans doute la plus excellente de toutes. Et quant à nous, mon Dieu, ou faites-nous la grâce de la connaître, ou enseignez-nous-en telle autre qu'il vous plaira, afin qu'en l'une ou en l'autre de ces deux manières, et soit que vous nous découvriez la même vérité que vous avez découverte à Moïse, ou qu'à l'occasion de ces paroles vous nous en découvriez quelque autre, ce soit vous-même qui nourrissiez nos âmes, et non pas l'erreur et le mensonge qui les repaissent.

Seigneur mon Dieu, considérez, je vous supplie, combien de choses j'ai écrites sur ce peu de vos paroles. Et quel temps et quelle force me faudrait-il si je voulais examiner de la sorte toutes vos saintes Écritures ? Permettez-moi donc, s'il vous plaît, de me resserrer davantage en les méditant en votre présence ; et faites que dans les diverses pensées qui s'offrent à mon esprit, et qui s'y pourraient encore offrir en plus grand nombre, j'en choisisse quelqu'une selon que vous me l'inspirerez, qui soit véritable, qui soit certaine, et qui soit utile à l'édification des âmes, afin que dans cette confession sincère que je vous fais, si je me rencontre dans le même sentiment qu'a eu votre serviteur Moïse, comme c'est à quoi je dois tendre, je vous rende grâces de m'avoir fait si heureusement réussir ; et que si je ne m'y rencontre pas, je ne laisse pas de dire sur le sujet de ses paroles ce que votre vérité m'aura voulu faire dire, comme c'est elle qui lui a inspiré à lui-même ce qu'il lui a plu.

*Composition Bussière.*
*Impression Novoprint*
*à Barcelone, le 7 août 2006*
*Dépôt légal : août 2006*
*Premier dépôt légal dans la collection : décembre 2005*
ISBN 2-07-032021-9./Imprimé en Espagne.

**147168**